처음 만나는 한시,
마흔여섯 가지 즐거움

스물세 가지 일상과 스물세 가지 지혜

처음 만나는 한시, 마흔여섯 가지 즐거움

스물세 가지 일상과
스물세 가지 지혜

박동욱 지음

자음과모음

1장
우리를 닮은 하루를 만나다

2장
옛이야기에서 오늘의 지혜를 얻다

서설

한시를 제대로 이해하려면 상당한 공부가 요구되니,
진입 장벽이 생각보다 높다. 한시를 대중서로 풀어
내는 것도 말처럼 쉬운 일은 아니다. 그래서 한시 관
련 책은 읽기도 쓰기도 쉽지 않다. 그렇기 때문에 전
문가들이 일반 독자에게 한시를 풀어 설명하려면 먹
기 좋게 설탕옷(糖衣)을 입혀야 한다. 그동안 독자에
게 몸에 좋은 음식이니 맛이 없어도 좀 참고 먹으라
고 강요했던 것은 아닌가 자문해본다. 한시는 전문가
들만 즐겨왔던 그들만의 리그였던 셈이다. 이것이 그
동안 한시 관련 책이 많이 나왔지만, 대중적으로 성
공하기 어려웠던 이유다.

이번 책에서는 흥미로운 소재를 가지고 여러 항목으로 구성하였다. 소주제 당 10매 내외를 썼다. 짧다고 해서 내용이 빈약하지는 않다. 예를 들어 '모기를 증오하며'라는 장에서는 모기에 대한 일반적 이야기를 서두에서 쓰고 모기와 관련된 시들을 서너 편 배치한 뒤에 말미에서는 현재 우리와 연결되는 지점이나 시사점을 짚어주려 했다. 그래서 분량은 짧지만, 결코 짧지 않은 내용이 됐다고 자부한다.

무라카미 하루키는 하루에 원고지 20장을 쓰는 것으로 루틴을 삼았다고 한다. 나도 이 책을 쓸 때 하루에 원고지 20장 이상을 썼다. 책 한 권을 두 달여에 쓴 것은 처음이다. 글 쓰는 즐거움을 깊이 느끼면서 작업했기 때문에 그 기쁨이 독자에게 온전히 전해지길 바란다. 이 책이 반응이 좋다면 3~4권의 책으로 구성해서 한시의 문화사로 정리하고 싶은 바람이 있다. 꼭 그렇게 되기를 희망한다.

이 책을 쓰면서 고마운 사람이 많다. 국립중앙도서관 연구정보서비스를 알게 되어 그동안 여러 권의 책을 집필할 수 있었다. 강의가 없는 날에 나는 늘 그곳에서 공부했다. 담당자 선생님께 깊은 감사를 드린다. 이 책은 자음과모음 이현진 편집자의 독려가 없었다면 나오기 힘들었다. 오래전에 계약하고도 약속을 지키지 못했다. 이 선생이 합리적으로 일정을 조율해주어서 이 책이 나올 수 있었다. 이 기회에 감사 말씀을 전한다. 한시 책이라 하면 중년 이상의 독자들만 읽는 것으로 한정되어 있는데, 이번 기회에 2030세대도 충분히 읽을 수 있는 책으로 다가가기를 기대한다.

2022년 10월 17일
관악산 기슭에서 필자가 쓴다.

1장

우리를 닮은
하루를 만나다

소나기

비 그친 뒤의 달라진 풍경

○   소나기는 여름에 자주 있는 현상으로 갑자기 쏟아지다가 금방 그친다. 취우(驟雨)라고도 부른다. 기별도 없이 갑작스레 쏟아져 가끔은 불만스럽지만, 소나기가 반가운 계절도 있다. 타들어 갈 것 같은 땡볕 더위에 지쳐버린 어느 여름 날, 시원스레 쏟아지는 소나기는 그 자체로 여름 한 철을 버틸 힘을 주곤 한다.

바람에 사립문이 쾅 닫히자 제비 새끼 놀라고
소낙비 들이치니 골 어귀 어둑해지네.
푸른 연잎 삼만 장에 한꺼번에 쏟아지자
후드득 온통 갑옷 부딪는 소리로다.
—

風扉自閉燕雛驚 (풍비자폐연추경)

13

急雨斜來谷口平 (급우사래곡구평)

散入靑荷三萬柄 (산입청하삼만병)

嗷嘈盡作鐵軍聲 (오조진작철군성)

_ 노긍(盧兢), 「소나기(驟雨)」

노긍(1738~1790)은 1구에서 3구까지는 소나기의 기세가 점점 세차게 바뀌는 모습을, 4구에서 가장 세차게 내리는 소나기의 강렬한 모습을 보여준다. 이런 점증법(漸增法)의 구성 덕분에 소나기가 더욱 생생하게 그려진다.

1구에서 바람에 따라 열렸다 닫혔다를 반복하던 사립문이 갑작스런 세찬 바람에 일시에 닫히자, 어미 기다리던 제비 새끼들이 화들짝 놀란다. 곧이어 골짜기에서 밀려온 먹장구름이 비를 쏟아붓는다. '곡구평(谷口平)'은 직역하면 골 어귀가 평평해졌다는 의미다. 보통 때는 지형의 돌출된 모습이 보이는데 구름에 보이지 않게 된 상황을 묘사한 것이다.

3구에 등장하는 연못의 위치는 적어도 시인이 소리를 들을 수 있는, 자기 집 안이나 자기 집 담장 너머로 볼 수 있다. 연잎에 소낙비가 쏟아져 내리자 물

화살과 연잎 방패 사이에 한바탕 전투가 벌어진다. 피 한 방울 튀지 않고 누구 하나 다치지 않는, 자연에서만 볼 수 있는 대혈투다. 그러다 해가 뜨면 언제 싸웠냐는 듯 금방 화해하고 방패와 칼을 거둔다.

나무마다 부는 훈풍에 잎새가 너울대니
몇 봉우리 서쪽에는 비 짙어 새카맣네.
쑥보다 더 새파란 청개구리 한 마리가
파초 끝 뛰어올라 까치처럼 울어대네.
─
樹樹薰風葉欲齊 (수수훈풍엽욕제)
正濃黑雨數峰西 (정농흑우수봉서)
小蛙一種靑於艾 (소와일종청어애)
跳上蕉梢效鵲啼 (도상초초효작제)
_ 김정희(金正喜), 「소낙비(驟雨)」

나무들에 따순 바람이 불어오니 잎새들이 일제히 뒤집히며 소리를 낸다. 소나기가 내린다는 신호탄이다. 소나기는 봉우리 몇 개를 순식간에 뛰어넘어 빗줄기를 쏟아낸다. 삼라만상은 빗소리에 자리를 내어주었다. 바로 이때 어디서 나타났는지 청개구리가 나와서는 비가 온다고 경보를 하듯 엄청난 성량으로 울고 있다. 대자연에 맞서는 인간의 악다구니 같기도 하다. 미물이라도 살아 있다는 외침은 이렇듯 거룩하고 아름답다. 흑과 청의 색채가 대비되어 더욱 그림 같은 풍경이다.

드센 바람 소나기 몰아오더니
앞 기둥 빗줄기에 온통 젖었네.
폭포처럼 처마 따라 떨어지었고
여울처럼 섬돌 둘러 마구 흘렀네.
이미 무더위 싹 씻어 없애버리니
다시 시원한 기운 많이 난다네.
저물 무렵 먹구름 걷히고 나자
옷깃 풀고 밝은 달 마주하였네.
─

亂風驅驟雨 (난풍구취우)

霑灑滿前楹 (점쇄만전영)

飛瀑緣簷下 (비폭연첨하)

流湍遶砌橫 (유단요체횡)

16

已滌炎威盡 (이척염위진)

還多爽氣生 (환다상기생)

向夕陰雲捲 (향석음운권)

披襟對月明 (피금대월명)

_ 허적(許禰), 「소나기(驟雨)」

허적(1563~1640)의 시에서도 소나기의 모습이 생생하게 잘 그려져 있다. 폭포처럼 여울처럼 소나기가 한바탕 휩쓸고 지나가자 언제 그랬나 싶게 더위는 사라지고 시원한 기운을 만나게 된다. 삶도 이와 다르지 않다. 모든 것이 소나기처럼 한바탕 몰아치고 지나갈 뿐이다. 어느새 막막하던 먹구름은 걷히고 밝은 달을 마주하게 된다. 티끌 섞인 마음과 속된 기운을 씻어버리면 청정한 마음이 찾아온다. 그야말로 새로운 세계가 열리는 셈이다. 이 시는 소나기를 통해서 마음이 깨달은 단계를 말하고 있다.

노자의 『도덕경』에 "회오리바람은 아침 내내 불지 않고 소나기는 하루 종일 내리지 않는다(飄風不終朝 驟雨不終日)."라 하였다. 소나기는 예상하기 어렵지만 금세 그친다. 비가 쏟아져 내리면 잠시 피해 있으면 되거나, 형편이 안 된다면 감기 정도는 각오하고 그저 온몸으로 맞으면 된다. 비가 그치면 세상은 달라진 풍경을 보여준다. 세상은 청량해지고 마음은 맑아진다.

무더위

마음을 물 삼아 더위를 물리치다

○   한국의 여름 더위는 정말 만만치 않다. 높은 습도 탓에 실제 아프리카보다도 더 덥게 느껴진다고 한다. 오죽하면 대서(大暑)에는 염소 뿔도 녹는다는 말이 있을 정도다. 〈폴링 다운〉(1993)이란 영화가 있다. 말할 수 없이 더운 날에 차는 막혔는데 에어컨은 고장 나고 파리는 웽웽댄다. 주인공은 인내심이 바닥이 나면서 사고를 치게 된다. 웬일인지 여름만 되면 나는 이 영화가 떠오른다. 옛날에 더위를 가시게 하는 것이라곤 부채질이나 탁족(濯足/여름에 산수 좋은 곳에서 시원한 물에 발을 담구는 선비들의 전통적인 피서법)이 고작이었다. 옛사람들은 무더위를 어떻게 기록하고 있을까?

찌는 더위 불보다 더 심해서는

19

일천 화로에 붉은 숯불 부채질하네.

풍이도 더위 먹어 죽을 것이니

불길이 수정궁까지 닿을 것이네.

—

酷熱甚於火 (혹열심어화)

千爐扇炭紅 (천로선탄홍)

馮夷應暍死 (풍이응갈사)

燒及水精宮 (소급수정궁)

_ **이규보**(李奎報), 「**무더위**(苦熱)」

어찌나 더운지 천 개의 화로에서 지글지글 숯
불이 피워내는 열기와 같다. 풍이는 물을 맡은 신(神)
의 이름이고 수정궁(水精宮)은 여러 가지 뜻이 있지만
여기서는 용왕의 궁전으로 보아야 할 것 같다. 물의
신도 더위 먹어 죽게 될 지경이고, 더운 열기가 물속
에 있는 용왕의 궁전까지 닿는다고 말하고 있다. 이
규보(1168~1241)는 같은 제목으로 두 편의 시를 남겼
는데 다른 한 편의 내용은 다음과 같다. "누우면 일어
나서 날고 싶었고, 일어나면 다시 벗고 눕고 싶었네.
누가 시루 속 찜을 가엾게 여겨, 옮겨다가 물속에다

앉게 하려나(臥欲起奮飛 起思還裸臥 誰憐甑底蒸 移向水中坐)."
누워서도 일어서도 견딜 수 없는 더위에 답답하고
짜증이 치밀어 올라 차라리 물속에 고개만 쑥 빼고
앉아 있고 싶다고 했다. 더워도 어지간히 더웠던 모
양이다.

창문은 푹푹 쪄서 땀은 줄줄 흐르고
불타는 해와 구름에 낮 시간 지루하네.
다행히 마음이 물처럼 될 수 있어
도리어 더운 곳에서도 서늘함 만들었네.
—

軒窓蒸鬱汗翻漿 (헌창증울한번장)
赤日彤雲晝刻長 (적일동운주각장)
賴有寸心能似水 (뇌유촌심능사수)
却於炎處作淸凉 (각어염처작청량)
_ 이숭인(李崇仁), 「무더위(苦熱)」

날씨가 푹푹 쪄대서 땀이 줄줄 흐르는데 낮 시
간은 지루하게만 흘러간다. 시원한 물을 한바탕 몸에
끼얹어 보아야 그때뿐이라, 마음을 물 삼아 보기로

한다. 서늘하게 기분 좋은 가을바람, 얼음 동동 띄운 시원한 물, 무르팍까지 수북하게 쌓인 눈, 살갗이 찢겨나갈 것 같은 된바람 등을 떠올려본다. 갑자기 한기가 느껴져서 무더위를 잠시나마 잊게 된다. 이 시를 통해 이숭인(1347~1392)이 우리에게 제안하는 피서법은 낭만적이다. 마음으로 하는 피서법이라니 얼마나 운치 있는가.

　　　온몸에 하루 종일 땀 줄줄 흘러내려
　　　부채질 효과 좋아 계속해서 부쳐대네.
　　　밭일하는 사람들이 괴로울 것 생각하니
　　　초가집 좁다지만 수심을 달래보네.
　　　—

渾身竟日汗漿流 (혼신경일한장류)

揮扇功高不暫休 (휘선공고부잠휴)

想到夏畦人正病 (상도하휴인정병)

茅廬雖窄亦寬愁 (모려수착역관수)

_ **이익**(李瀷), 「**무더위**(苦熱)」

하루 종일 땀이 가실 시간이 없어서 연신 부채

질만 해댄다. 이럴 때 뙤약볕 아래에서 밭일을 하는 농부들을 떠올려본다. 농부에 비한다면, 자신의 더위는 아무것도 아니라는 것을 깨닫는다. 갑자기 더위가 가신 것만 같고, 더위로 고생하는 사람들에게 미안해진다. 지금도 이와 다를 바 없다. 더위에 택배를 나르고, 공사장에서 일하며, 시장에서 물건을 파는 분들은 여전히 야외에서 일할 수밖에 없다.

> 태양의 열기가 어찌 이리 맹렬한지
> 불 일산(日傘) 펼친 데다 화로로 에워싼 듯
> 길 가는 행인들은 더위 먹은 사람 많고
> 동산에 가꾼 채소 시들어 죽어가네.
> 맨발로 쌓인 얼음 밟는 것 생각하며
> 종놈 불러 큰 부채나 부치게 할 뿐이네.
> 어이하면 하늘 오를 사다리 얻어서는
> 은하수 기울여서 불볕더위 씻어낼까.
> —
> 陽烏赫烈一何威 (양오혁렬일하위)
> 火傘張空爐四圍 (화산장공로사위)
> 道上行人多暍病 (도상행인다갈병)

園中蔬菜盡萎腓 (원중시채진위비)

思將赤脚層冰踏 (사장적각층빙답)

徒喚蒼頭巨扇揮 (도환창두거선휘)

安得雲梯登九萬 (안득운제등구만)

手傾銀漢洗炎暉 (수경은한세염휘)

_ 윤기(尹愭), 「무더위(苦熱)」

이 시는 윤기(1741~1826)가 12세 때인 1752년
(영조 28년) 여름에 쓴 것이다. 불로 만든 일산을 쓰고
화로를 사방에 에워싼 듯 태양빛은 강렬하게 쏟아져
내렸다. 행인들은 더위 먹어 지쳐 있었고, 채소들은
말라 비틀어져 죽어간다. 이때 할 수 있는 것이라곤
맨발로 얼음을 밟는 상상을 하며 종놈을 불러 부채나
부치게 하는 일뿐이다. 은하수를 기울여 한바탕 비를
뿌려대서 더위를 식히고 싶다. 비라도 내려서 무더위
가 한풀 꺾이길 바라는 마음을 담았다.

무더위와 강추위, 둘 중 어느 것이 더 고통스러
울까. 옥중서간인 신영복의 『감옥으로부터의 사색』[01]
을 보면, "모로 누워 칼잠을 자야 하는 좁은 잠자리는
옆사람을 단지 37℃의 열덩어리로만 느끼게 합니다.

이것은 옆사람의 체온으로 추위를 이겨나가는 겨울철의 원시적 우정과는 극명한 대조를 이루는 형벌 중의 형벌입니다."라고 하면서 여름 징역은 자기 바로 옆 사람을 증오하게 만든다고 말했다.

삶이란 못 견디게 힘들다가도 참다 보면 거짓말처럼 좋은 일이 하나씩 생기곤 한다. 무더위도 이와 다르지 않다. 무더위를 참고 견디다 보면, 어느새 가을이 찾아오고 서늘한 바람이 불어온다. 그 바람이 '그동안 겪은 고통이 얼마나 힘들었냐'며 우리를 위로해준다.

강추위

타인의 온기를 귀히 여기다

○   강추위는 고한(苦寒), 극한(極寒), 혹한(酷寒)이
라고 표현한다. 불과 얼마 전만 해도 겨울에는 추위
가 만만치 않았다. 눈도 자주 오고 기온도 낮았다. 영
하 20도 이하로 내려가는 일도 심심치 않게 일어났
다. 옛날의 추위는 생존과 관련된 문제였다. 집의 난
방이나 옷의 방한이 지금과는 비교할 수 없었기 때문
이다. 그들은 강추위를 어떻게 기억하고 있을까?

북한산은 창처럼 깎아지르고
남산은 소나무가 새까맣도다.
솔개 지나자 숲은 오싹하였고
학 울자 저 하늘은 새파랗도다.
—

北岳高戌削 (북악고술삭)

南山松黑色 (남산송흑색)

隼過林木肅 (준과림목숙)

鶴鳴昊天碧 (학명호천벽)

_ **박지원**(朴趾源), 「지독한 추위(極寒)」

　북한산은 뾰족한 창처럼 날카롭게 보이고 남산
에 있는 소나무는 파랗다 못해 시커멓다. 이때 솔개
가 지나가니 숲은 겁먹은 병아리처럼 움츠러들고, 학
이 울면서 지나가니 하늘은 새파랗게 질려서 금이 갈
것만 같다. 땅과 하늘이 온통 얼어붙어 있었다. 춥다
는 글자를 직접 쓰지 않고서 추위를 강렬하게 표현하
고 있다.

　　호백구 겹쳐 입고 산가지로 술잔 세며
　　맹추위와 힘써 싸우니 시름을 자아내네.
　　내년 봄에 꽃이 활짝 피기를 기다렸다
　　천 개 문 활짝 열고 누대 위에 앉으리라.
　　—

裘重狐腋酒添籌 (구중호액주첨주)

力戰寒威使我愁 (역전한위사아수)

擬待明年春放後 (의대명년춘방후)

洞開千戶坐樓頭 (동개천호좌루두)

_ 홍직필(洪直弼), 「혹독한 추위에 정미년 열두 살 때 짓다(極寒 丁未 十二歲作)」

이 시는 1787년 홍직필(1776~1852)이 12세 때 쓴 것이다. 호백구(狐白裘)는 전국시대의 정치가였던 맹상군(孟嘗君)이 갖고 있었던 것으로 여우의 겨드랑이 아래에 난 털로 만든 진기한 보물이다. 따뜻한 옷을 입고 술의 힘을 빌려 추위를 이겨본다지만 쉽지 않았다. 그러면서 내년 봄이 찾아오면 그동안 꽉 닫았던 모든 문을 열어젖힌 뒤에 누대 위에서 봄의 기운을 만끽하겠다고 다짐을 해본다. 그러한 바람으로 매서운 추위를 견뎌본다.

따순 옷 입은 공자 겹방석에 앉았으니
눈 속에서 땔감 지고 울 줄 뉘라서 알겠는가.
어이하면 부여국의 천 조각 옷 얻어서
추운 계곡 흩뿌려 따순 봄 되게 하랴.

—

狐貂公子坐重茵 (호초공자좌중인)

雪下誰知泣負薪 (설하수지읍부신)

安得扶餘千片玉 (안득부여천편옥)

散投陰谷化陽春 (산투음곡화양춘)

_ 성운(成運), 「혹독한 추위(苦寒)」

　방 안에 따숩게 있는 사람이 눈 속에서 땔감 나
르는 사람을 이해할 수 있을까. 아마도 상대방의 심
정을 알기란 쉽지 않을 것이다. 부여국에서 생산되는
화옥(火玉)*은 실내에 두면 이것 자체에서 열기가 뿜
어져 나와 따로 난방을 할 필요가 없었다. 시인은 이
화옥을 얻어 추위로 꽁꽁 얼어붙은 계곡에 뿌려서 따
뜻한 봄날로 만들고 싶다고 했다. 얼마나 따스한 마
음인가? 다른 사람을 완전히 공감하기는 쉽지 않지만
최대한 타인의 고통에 공감하려는 노력은 그 자체로

* 　화옥(火玉): 당(唐)나라 소악(蘇鶚)의 『두양잡편(杜陽雜編)』 권하에 "당
(唐)나라 무종황제 회창 1년(841)에 부여국에서 화옥 3말과 송풍석을 조공
하였다. 화옥은 색깔이 붉고 길이가 반 치이며, 위는 뾰족하고 아래는 둥글
며, 빛이 수십 보나 비친다. 이 옥들을 쌓아두면 솥을 데워서 밥을 지을 수
있고 실내에 두면 난방을 할 필요가 없다(武宗皇帝會昌元年 夫餘國貢火玉三斗及
松風石 火玉色赤長半寸 上尖下圓 光照數十步 積之可以燃鼎 置之室內 則不復挾纊)."라
고 하였다.

29

유효하다. 공감의 능력이 인격이다.

그렇다고 추위가 다 나쁘지만은 않다. 추위는 타인의 체온을 소중하게 생각하게 만들며, 봄날을 간절히 기다리게 한다. 그렇지만 봄날은 더디게 오고 추위는 쉽사리 떠나지 않는다. 봄바람이 불어오면 꽃샘추위로 마지막 저항을 하다 끝내 백기 투항한다. 그러면서 모질게 힘들었던 기억을 추억이란 이름으로 바꿔놓는다.

꽃샘추위

완연한 봄맞이 전 마지막 시련

○   꽃샘추위는 초봄이 지나 따뜻해지다가 꽃이 필 때쯤 다시 날씨가 일시적으로 추워지는 현상을 말한다. 꽃샘은 봄꽃이 피는 걸 시샘한다 뜻의 아름다운 우리말이다. 꽃샘추위는 춘한(春寒)이라고 쓰고 꽃샘바람은 투화풍(妬花風)이라 쓴다. 우리나라 속담에는 '꽃샘추위에 설늙은이 얼어 죽는다'라는 말이 있고 중국 속담에는 '봄추위는 뼈가 시리고, 가을 추위는 살갗이 시리다(春凍骨頭秋凍肉)'라는 말이 있다. 꽃샘추위에서 겨울이 계속된다는 절망을 읽어야 할까, 봄이 다가왔다는 희망을 읽어야 할까?

허름한 집 봄추위에 바람 새어들까 봐
아이 불러 불을 지펴 여읜 몸 덥히었네.
남쪽 창가에서 책을 뽑아 조용히 읽어보니

말로 못할 맛이 있어 나 홀로 즐거웠네.

—

破屋春寒怯透颸 (파옥춘한겁투시)

呼兒添火衛形羸 (호아첨화위형리)

抽書靜讀南窓裏 (추서정독남창리)

有味難名獨自怡 (유미난명독자이)

_ **이황**(李滉), 「**봄추위**(春寒)」

　　집이 변변찮아 외풍이 많이 들어올까 봐 아이
를 불러서는 아궁이에 불 지필 것을 명했다. 몸이 바
싹 말라 추위에 약하기 때문이었다. 좀 훈기가 드니
그제야 되는대로 책을 뽑아서 볕이 잘 드는 남쪽 창
에 앉아 책을 읽는다. 따순 방, 좋은 햇살, 읽고 싶은
책. 밖에 몸서리치게 추운 한기가 일어도 안으로는
마음의 평화를 유지하리라 다짐해본다.

　　한기는 봄 하늘을 가두고 눈은 숲 에워싸니
　　온 산에 화초들은 꽃망울 닫았다네.
　　봄기운은 냇가 버들에 먼저 옴 알겠으니
　　바람 맞은 가지 희롱해서 엷은 금빛 띠려 하네.

寒鎖春天雪擁林 (한쇄춘천설옹림)

滿山花卉閉芳心 (만산화훼폐방심)

方知陽氣先溪柳 (방지양기선계류)

已弄風條欲嫩金 (이롱풍조욕눈금)

　_ 황준량(黃俊良), 「봄추위에 즉흥적으로 쓰다(春寒卽事)」

　한기는 가득하고 눈은 남아 있다. 온 산에 있는
꽃들은 입을 꾹 다문 듯이 꽃망울을 닫았다. 봄이 왔
지만 아직 봄은 온 것 같지 않았다. 그러나 냇가에 있
는 버들은 황금빛으로 물들어가고 있다. 꽃들을 보
면 봄이 안 온 것 같지만, 버들가지를 보면 봄은 분명
성큼 다가와 있다. 꽃을 보면 절망이 읽히지만, 버들
을 보면 희망이 읽힌다. 같은 계절인 봄에도 꽃과 버
들은 이렇게 제각기 반응한다. 꽃망울을 닫아야 하나
아니면 버들을 황금빛으로 물들여야 할까. 사람의 삶
도 마찬가지다. 시련과 고통이 찾아왔다고 나자빠져
있을 수도, 툴툴 털고 일어날 수도 있다.

　봄바람 또한 못된 장난쳤으니

33

비와 함께 추워지게 만들었구나.
버들은 움츠리며 눈 뜨기 어렵고
매화는 찡그리며 뺨 펴지 않네.
물 불어났다 얼음 다시 얼었고
산 차가워 눈 그대로 쌓여 있었네.
내게 따순 〈양춘곡〉 갖고 있으니
언 붓을 불어대며 시를 쓴다네.

─

東風亦惡劇 (동풍역악극)

與雨作寒媒 (여우작한매)

柳澁難開眼 (유삽난개안)

梅顰不破顋 (매빈불파시)

水生氷更合 (수생빙갱합)

山冷雪仍堆 (산랭설잉퇴)

我有陽春曲 (아유양춘곡)

呵將凍筆裁 (가장동필재)

_ 이수광(李睟光), 「비 내린 뒤 바람이 매서워서 추위가 심하다
(雨後風冽寒甚)」

비바람에 날씨가 겨울이나 다름없다. 세상의

사물들은 봄 맞을 준비를 거둬들였다. 버들은 잎이 움트지 않았고, 매화는 꽃망울이 터지지 않았다. 버들잎이 막 돋아나기 시작하는 것을 가리켜서 사람이 잠에서 막 깨어나 눈 뜨기 시작하는 것과 같다고 하여 '유안(柳眼)'이라 하고, 매화 꽃봉오리가 한창 부풀어 오르는 것을 가리켜서 여인의 뺨과 같이 아름답다고 하여 '매시(梅顋)'라 부른다. 물은 꽁꽁 얼어 있고, 산에는 눈이 고스란히 쌓여 있었다. 온갖 사물들은 봄의 변화를 보여주지 않았다. 〈양춘곡(陽春曲)〉은 중국 전국시대 초(楚)나라의 가곡 이름이다. 곡조가 매우 고상하여 따라 부르는 사람이 아주 드물었다고 한다. 여기서는 봄을 기다리는 마음을 의미한다 볼 수 있다. 그렇게 봄이 오기를 간절히 바라고 있었다.

정지용은 「춘설」에서 "…꽃 피기 전 철 아닌 눈에 핫옷 벗고 도로 춥고 싶어라."라 하여서, 추위를 온몸으로 맞겠다며 봄을 기다리는 설렘을 역설적으로 표현했다. 이규보의 「투화풍(妬花風)」에서는 "만일 꽃 아껴서 바람 불지 않는다면 그 꽃 영원히 자랄 수나 있겠는가(惜花若停籟 其奈生長何)."라 하였다. 꽃샘바람이 불지 않는다면 당장은 좋겠지만, 성장도 있을

수가 없다. 꽃샘추위는 대개 마지막 시련을 의미하기
도 한다. 해가 뜨기 전이 가장 어둡고, 봄이 완전히 오
기 전이 겨울보다 더 춥게 느껴진다. 영화〈화양연화〉
에 관한 게시판의 댓글 중 이런 게 있었다. "봄을 기
다리던 겨울 같은 시절이 알고 보니 봄이었네." 그래
봄이다. 봄은 그렇게 겨울인 듯 와 있었다.

채빙

얼음 캐는 노동에 깃든 땀과 눈물

○   70년대까지만 해도 얼음 가게가 있었다. 사람
들은 여름이면 새끼줄에 얼음을 묶어서 사가지고 왔
다. 그보다 훨씬 앞선 조선 시대에 얼음은 더욱 귀한
물건이었다. 관청에서는 겨울에 얼음을 확보하여 보
관해두었다. 대개 얼음을 캐는 채빙(採氷)과 잘라낸
얼음을 소달구지로 옮기는 운빙(運氷), 얼음을 쌓는
장빙(藏氷) 등 세 과정으로 이루어졌다.

   채빙은 벌빙(伐氷) 또는 착빙(鑿氷)이라고도 한
다. 채빙은 고되고 힘든 일이라 과정에서 목숨을 잃
는 일도 허다했다. 얼음은 한강 상류, 계곡의 하천, 경
회루에서 캐냈다. 지금은 너무도 손쉽게 얻을 수 있
는 얼음이 그 옛날에는 여러 사람의 노동을 통해 얻
을 수 있는 귀한 물건이었다. 그 옛날에는 얼음을 어
떻게 캐냈을까?

얼음을 꽝꽝 캐내는 수고로움은
옛날에 주공의 시에서 들었다네.*
이 때 당해 몸소 친히 보게 되노니
백성들이 참으로 슬퍼 보였네.
2월 달에 추위가 매서운 날에**
백성들은 추운데도 옷이 없었네.
얼음은 미끄럽고 손가락은 빳빳이 굳어
도끼 자루 손에서 자주 놓치네.
얼음 잘라내기에 온힘 다 쓰니
공사(公事)에는 정한 시기 있어서이네.
노인이 등에 짊을 면치 못하니
하물며 누더기 옷 입은 아이임에랴.
그 빙고(氷庫)는 깊이가 얼마나 되나.
하늘 어둡고 눈은 펄펄 내리네.
저택에서 음료수를 마실 때에는
이런 추위와 주림 생각하겠나.

* 『시경』, 「빈풍(豳風) 칠월(七月)」에서 "섣달에 얼음을 꽝꽝 캐내어, 정
월에 얼음 창고에 들인다(二之日鑿氷沖沖 三之日納于凌陰)."라고 하였다.
** 『시경』, 「빈풍(豳風) 칠월(七月)」에서 "일양(一陽)의 동짓달에는 바람이
차가워지고, 이양(二陽)의 섣달에는 기온이 싸늘해진다(一之日觱發 二之日栗
烈)."라고 하였다.

一

鑿氷冲冲勞 (착빙충충로)

昔聞周公詩 (석문주공시)

及玆身親見 (급자신친견)

小民良足悲 (소민량족비)

栗烈二之日 (율렬이지일)

白屋寒無衣 (백옥한무의)

氷滑指爲直 (빙활지위직)

斧柯落多時 (부가락다시)

斲出無餘力 (착출무여력)

公事有定期 (공사유정기)

斑白不免負 (반백불면부)

矧伊百結兒 (신이백결아)

凌陰深幾許 (능음심기허)

天暝雪霏霏 (천명설비비)

華廈吸漿時 (화하흡장시)

能念此凍饑 (능념차동기)

_ **김시보**(金時保), 「**얼음을 뜨다**(伐氷)」

얼음을 캐는 일은 중노동이었다. 동상은 기본

이었고, 얼음이 깨져서 죽거나 얼음을 캐낸 구멍에 빠져 죽는 사람도 많았다. 옷도 변변히 갖추지 못하고 혹한의 추위에 노소를 따질 것 없이 동원되었다. 이렇게 얼음 한 덩이를 얻으려면 많은 사람의 고생과 함께 복잡한 절차를 거쳐야만 했다. 그러나 얼음을 캐내느라 노동한 사람은 정작 여름에 얼음을 먹을 수 없고, 얼음은 화려한 집에 사는 잘난 사람의 몫이 되었다.

> 동빙고, 서빙고에 얼음 뜬 것 있으니
> 각사에 목패 하나 나누어주었다네.
> 궁궐에 바친 공물 여파가 미치나니
> 조각조각 베푸신 은혜 더위를 물리치네.
> —
> 伐氷凌室有東西 (벌빙릉실유동서)
> 頒賜諸司一木牌 (반사제사일목패)
> 大內日供餘派及 (대내일공여파급)
> 恩霈片片暑熱排 (은점편편서열배)
> _ 홍석모(洪錫謨), 「얼음을 나누어주다(頒氷)」

얼음을 벼슬아치에게 하사하는 것을 반빙(頒氷) 또는 사빙(賜氷)이라 불렀다. 목패를 가져가면 빙고에서 얼음을 나누어주었다. 대부분 벼슬아치에게 나누어주었지만, 이따금 죄수나 환자에게 지급하기도 했다. 여름철 얼음은 여러모로 요긴하게 쓰였다. 음식이 상하는 것을 예방하거나 질병을 막는데 사용되었고, 제수용품이 상하는 것을 방지해주기도 했다. 또, 얼음을 개인적으로 선물하기도 했다. 조선 중기 학자 조임도(趙任道)의 「황낙부 협이 얼음을 보낸 것에 감사하다(謝黃樂夫悏送氷)」를 보면 "한 조각 맑은 얼음 내 목을 시원케 하니 삼복의 찌는 더위 만추처럼 변하였네. 친구의 후의에는 무엇으로 보답할까, 평생 친하게 지낼 것을 더욱 원하네(一片淸氷爽我喉 三庚苦熱變霜秋 故人厚義將何報 更願平生契約修)."라는 구절을 통해 당시 사람들의 풍습을 알 수 있다.

얼음에 얽힌 흥미로운 이야기는 조선 시대 이후 근현대사에서도 찾아볼 수 있다. 광복 후 강물이 오염되자 정부는 사람들에게 한강의 얼음을 먹지 말라고 경고했다. 하지만 6·25전쟁 중에도 채빙은 멈추지 않았다. 결국 1955년부터는 얼음 채취 자체를 금지하기에 이르렀고, 한강의 수질 악화와 개인 냉장고의 보급으로 한강에서 채빙하는 모습은 역사 속으로 사라졌다.

얼음을 캐는 과정인 채빙을 다룬 시들은 너무나 많다. 대개 시의 앞부분에서는 고단한 채빙의 과정을, 뒷부분에서는 여름에 얼음을 즐기는 유력가들의 모습을 보여주었다. 노동에 종사하는 사람들과 생산된 물품을 향유하는 사람들의 극명한 대비를 보여줌으로써 사회의 모순을 드러냈다.

눈병

심안이 밝아지다

○   눈병은 다른 질병보다도 더욱 고통스럽다. 하나의 감각이 차단되는 공포를 느끼기 때문이다. 게다가 독서가 일상인 선비들에게 눈병은 공부의 중단을 의미하니, 책을 읽지 못하는 시간은 살아 있지 않은 시간과 다를 바 없었다. 그렇다고 눈병이 고통스럽기만 한 것은 아니었다. 다른 감각기관이 새롭게 열리거나, 육안(肉眼)을 넘어서 심안(心眼)이 열리는 체험을 하기도 하였다.

내 병은 하늘이 내린 것인데
꽃구경 뉘 못하게 하였으랴.
하늘 이미 날 불쌍히 안 여기노니
봄도 따라서 나를 저버리었네.
하늘 이미 꽃 피우는 권한 있으면서

어찌 내 눈은 환히 하지 못하나.

—

病是天之爲 (병시천지위)

看花誰所破 (간화수소파)

天旣不吾憐 (천기불오련)

春亦孤負我 (춘역고부아)

已有開花權 (이유개화권)

開目何未可 (개목하미가)

_**이규보**, 「눈병으로 꽃구경은 못 하고 탄식만 하다(病眼未看花有
嘆)」

이규보는 소갈증, 수전증, 피부병, 눈병 등 갖
가지 질병에 시달렸다. 특히, 그는 눈병에 관해서 여
러 편의 시를 썼다. 세상을 뜨기 사흘 전까지도 눈병
의 고통을 말했다. 위의 시는 눈병 때문에 꽃구경을
망친 심경을 적은 것이다. 자신의 눈병은 하늘이 내
린 것이어서 어쩔 수 없지만 한 해에 잠시 허락되는
꽃구경을 할 수 없는 것은 야속하기 짝이 없다. 왜 하
늘은 이 아름다운 꽃을 주재(主宰)하는 권능(權能)을
가졌으면서, 눈병은 이처럼 방치하고 있나? 결국 세

상은 꽃 잔치인데 자신은 암흑천지로 만든 하늘을 원
망하고 있는 셈이다.

늙어가면 병들게 마련이지만
한평생 포의(布衣)*로다 지낼 줄이야.
눈 어른거려 뵈지 않는 게 많고
눈동자에 드는 광채 적어졌도다.
등불 앞 글자처럼 희미하였고
눈 온 뒤 햇빛처럼 눈이 부시네.
과거 발표 보기를 기다린 뒤에
눈 감고 들어앉아 세상 일 잊으리.
—

老與病相隨 (노여병상수)

窮年一布衣 (궁년일포의)

玄花多掩映 (현화다엄영)

紫石少光輝 (자석소광휘)

怯照燈前字 (겁조등전자)

羞看雪後暉 (수간설후휘)

* 포의(布衣): 벼슬이 없는 선비를 비유적으로 이르는 말.

待看金牓罷 (대간금방파)

閉目坐忘機 (폐목좌망기)

_ **오세재**(吳世才), 「**아픈 눈**(病目)」

　　이때 오세재(1133~?)는 과거 시험에 여러 번 떨어진 상태였다. 그의 삶은 불행의 연속이었다. 세 번 장가를 들었지만, 그때마다 아내는 그를 버리고 떠났다. 자식도 없고, 땅 한 뙈기 없었으며 생계마저 위협받는 그런 상태였다. 늙어가며 병까지 더쳤지만, 여전히 포의의 몸도 벗어나지 못했다. 눈은 제구실을 하지 못한 지 오래되었다. 과거 시험 합격자 명단을 볼 때까지만 눈이 버티어주길 바랐다. 눈이 정말 아팠지만, 그보다 마음이 더 아팠다. 스스로 세상을 보지 않으려 눈을 먼저 감아버리기로 결심한다. 아픈 눈의 불편함보다는, 눈 밝은 나를 업신여기는 눈 어두운 자들에 대한 분노를 담은 셈이다.

　　변방이라 이런저런 약재 모두 부족하니
　　눈병 나도 손 못 쓰고 마음까지 아프구나.

눈 조금 어두워도 태식(胎息)*에는 무방하니

빛 보게 되더라도 다시 외물 안 끌리리.

흑백 분간 못 하나니 시세와 부합하고

미추를 안 따지니 만물과 친화하네.

그저 아쉬운 건 안개 속 강산이라

눈앞에서 금년 봄을 잃게 되는 일이라네.

—

邊城藥料乏君臣 (변성약료핍군신)

阿睹生齒坐損神 (아도생치좌손신)

向晦不妨胎息事 (향회불방태식사)

回光非復外淫人 (회광비부외음인)

無分黑白應時合 (무분흑백응시합)

少撿姸嬬與物親 (소검연치여물친)

只惜江山煙霧裏 (지석강산연무리)

當前又失一季春 (당전우실일년춘)

_ **노긍**(盧兢), 「**차운하다**(次韻)」**

* 태식(胎息): 도교의 수련법으로, 복식호흡과 비슷한 호흡법을 가리킨다.

** 『한원문집(漢源文集)』 120쪽에 「次韻(차운)」이라는 제목으로 실려 있으며, 더러 명백한 오자가 보이는데, 『삼명시화』에는 바르게 실려 있다.

47

노긍(1738~1790)은 머나먼 위원(渭原/지금의 평안
북도 위원군 지역)으로 유배를 가게 된다. 험난한 유배
생활에 눈병을 얻게 되었으나 약을 구하기가 어려웠
다. 약을 구하지 못해 눈병이 악화되니 정신까지 이
상하게 될 것만 같다. 눈이 안 보여도 할 수 있는 호흡
법에 집중하며, 그동안 너무 눈의 속임에 빠져 살아
왔음을 깨닫게 된다. 눈이 안 보이는 것이 꼭 나쁜 일
만은 아니었다. 시비(是非)와 미추(美醜)에서 자유로워
지고, 눈이 어두워지는 대신 심안(心眼)이 밝아졌다.
다만, 일 년 중 잠시만 허락되는 봄의 빛나는 경치를
만끽할 수 없다는 것이 유일한 아쉬움이었다.

　　노긍의 시를 통해 알 수 있듯, 눈이 아프다는
것은 여러모로 고통스러웠다. 이 시에서 가장 인상적
인 것은, 예기치 않은 병을 얻게 되었음에도 병을 자
기 삶의 일부로 순명(順命)하려는 태도다. 어디 그뿐
인가. 외부의 눈인 시력을 잃었지만, 내부의 눈인 심
안을 밝혀 인생의 깊이 있는 통찰을 얻은 시인의 의
지와 마음가짐은 지금 우리 삶에도 큰 울림을 준다.

안경

노안을 견디기 위한 친구

○   근래에 조선 시대를 배경으로 하는 사극에서 안경을 쓴 장면은 이제 더 이상 낯설지 않다. 다산 정약용이나 매천 황현의 안경 쓴 모습을 그린 초상화가 지금까지 남아 있고, 여러 문헌에서 안경을 착용했던 기록도 손쉽게 찾아볼 수 있다.

우리나라 최초의 안경은 조선 중기의 문신이었던 김성일의 안경이라고 한다. 이것으로 미루어보건대 임진왜란 전후에 안경이 전래되었을 것으로 추정된다. 그러나 안경이 본격적으로 대중화된 것은 훨씬 뒤였다. 안경은 매우 고가여서 처음에는 말 한 마리 값과 맞먹는다는 기록도 있다. 안경에 대한 풍습도 지금과 달랐다. 임금 앞에서 안경을 쓰는 것은 매우 불경스러운 일이었고, 자기보다 어른 앞에서 안경을 착용하는 것은 대단한 결례였다. 이러한 전통은 구한말까지 그대로 이어졌다. 안경, 이 고마운 물건을 선조들은 어떻게 기억하고 있었을까?

두 알의 둥근 안경 노안에 알맞아

한번 쓰면 여러 책 볼 수 있다네.

묵은 좀도 잘 보여 쓸어내겠고

노(魯)와 어(魚)란 글자도 환히 보이네.

일본에선 귀한 물건 살 수 있겠고

연경에선 가격이 너무 비싸네.

그중 가장 좋은 건 서양산이라

역관에게 부탁을 해야 하겠네.

—

雙圓宜老眼 (쌍원의로안)

一着看群書 (일착간군서)

歷歷開陳蠹 (역력개진두)

昭昭辨魯魚 (소소변로어)

日東珍或售 (일동진혹수)

燕北價非處 (연북가비처)

絶品西洋鑄 (절품서양주)

行當問象胥 (행당문상서)

_ **신택권**(申宅權), 「**방 안의 잡물을 노래하다**(室中雜詠二十首)」 중
안경 편

늙어 침침한 눈으로 책을 보는 것은 여간 곤혹스러운 일이 아닐 수 없다. 그러나 안경을 쓰게 되면 이야기는 달라진다. 좀을 먹은 곳도 뚜렷이 보이고, 비슷한 글자도 환히 구분이 된다. 안경을 다룬 시에서는 시(豕)와 해(亥), 노(魯)와 어(魚) 같은 엇비슷한 글자를 구별하지 못한다는 말이 관용적으로 등장한다. 일본이나 중국이나 모두 안경이 귀한 물건이지만, 그중에 서양에서 나온 것이 가장 높이 쳐주는 것이라 역관에게 부탁해 하나쯤 얻고 싶다고 했다. 안경의 품질도 천차만별이니 조금이라도 더 좋은 것을 구해 일상생활에 편히 사용하고픈 마음을 담았다.

남국에서 만들어진 벽옥(碧玉) 안경을
고당(高堂)에서 나이 드셔 쓰시게 됐네.
등불 향하면 더욱 또렷해지고
안경 갑에서 꺼내면 더욱 곱도다.
눈 밖으로 천지는 크게 보이고
눈썹 새에 해와 달 달려 있는 듯.
책상 위에 놓여 있는 만 권의 책
노안은 온통 네 힘 빌려야 하지.

一

南國碧玉鏡 (남국벽옥경)

高堂白髮年 (고당백발년)

向燈逾歷歷 (향등유역력)

出匣更娟娟 (출갑갱연연)

膜外乾坤大 (막외건곤대)

眉間日月懸 (미간일월현)

床頭萬卷在 (상두만권재)

老眼爾多權 (노안이다권)

_ 목만중(睦萬中), 「안경(眼鏡)(戊午 十二歲作)」

　이 시는 목만중(1727~1810)이 12살 때 지은 것
이다. 할아버지 목경연(睦慶衍)이 안경이란 제목으로
시를 지어보도록 시키자, 말이 떨어지기가 무섭게 읊
었다고 한다. 시 127편에 얽힌 이야기를 엮어 놓은
강준흠의 『삼명시화(三溟詩話)』에도 실려 있다. 외국에
서 구해온 할아버지의 안경은 눈을 밝게 해주어 온갖
책을 읽게 만들어준다. 어린아이 눈에 비친 안경의
공능을 재치 있게 표현하여, 어릴 적부터 만만치 않
은 시재(詩才)를 선보이고 있다.

병든 눈 흐린 증세 심하더니만

안경 끼자 훨씬 더 밝아졌었네.

서양에서 만들었다 예전에 들었는데

지금 영남 병영에서 보내주었네.

매우 작은 글자도 구별이 되니

공벽보다 오히려 더 귀중하네.

말이 망아지로 변함 알게 됐으니

애써 소년 시절 뜻 가져본다오.

—

病眼昏花甚 (병안혼화심)

玻瓈頓助明 (파려돈조명)

曾聞泰酉制 (증문태유제)

今自嶺南營 (금자령남영)

數墨纖毫別 (수묵섬호별)

許珍拱璧輕 (허진공벽경)

方徵駒馬變 (방징구마변)

強作少年情 (강작소년정)

_ 이익(李瀷), 「병사 인숙이 안경을 보내준 데 감사하다(謝仁叔兵
使惠靉靆鏡)」

이익(1681~1763)은 이 시 이외에도 「안경에 대한 노래(靉靆歌)」를 남긴 바 있다. 그 당시에는 안경을 요청하기도 하고, 구해다 주기도 했으며 다른 사람의 것을 물려받기도 했다. 이 시는 지인이 안경을 보내 준 것에 대한 감사를 담고 있다. 대개 안경에 관한 시들은 안경을 쓰기 전에 흐릿한 시야가 선명하게 바뀌는 사실을 적시한다. 이 시도 마찬가지다. 서양에서 만들어진 안경은 영남 병영에 있던 병사(兵使)의 손에 흘러 들어갔다가 다시 이익에게 전해졌다. 마지막 7, 8구에서 말이 망아지로 변했다는 것은, 중국에서 가장 오래된 시집인 『시경(詩經)』*의 「소아 각궁(小雅 角弓)」에 "늙은 말이 도리어 망아지가 되니 뒷일을 돌아보지 않고 힘을 쓴다(老馬反爲駒 不顧其後)."라고 한 데서 나온 말이다. 여기서는 늙은 사람이 젊은 사람처럼 눈이 좋아지는 것을 비유했다.

모든 신체 기간이 그러하듯 눈도 나이가 들면 기능이 떨어지기 마련이다. 노안은 보통 40세를 전후하여 나타난다. 옛사람들에게 안경은 지금 우리가

＊ 『시경(詩經)』: 중국에서 가장 오래된 춘추 시대의 민요를 모은 시집.

느끼는 것보다 훨씬 소용에 닿고 고마운 물건이었다. 그래서 한시에는 안경을 통해 시력을 회복하는 고마움이나, 구해달라는 요청과 구해준 것에 대한 감사, 그리고 안경을 실수로 깨뜨린 일의 안타까움까지 다양하게 등장하고 있다.

해녀

목숨을 건 숨비소리

○ 해녀(海女)는 물속에 잠수하여 해산물을 채취하는 여자들을 뜻하는 말이다. 제주도 현지에선 '잠녀(潛女)' 또는 '잠수(潛嫂)'라는 말을 썼다. 해녀란 말은 일제강점기부터 사용했지만, 제주도 현지에서는 잘 쓰지 않는 말이다. 해녀는 상군, 중군, 하군 등 엄격한 계급으로 나뉜다. 이중에 가장 베테랑인 상군은 이 분가량 바닷속에 머무르는데 수심 15m 이상의 바다에서 작업하였다. 해녀들이 잠수했다가 수면 위로 떠오를 때 휘파람처럼 내쉬는 특유한 숨소리를 숨비소리라 부른다. 해녀는 생사를 넘나드는 고단하고 힘든 직업이었다.

횡간도에서 전복 캐는 아이가 있었는데
노란 눈에 붉은 머리털 모습이 괴이했네.

56

헤엄치다 뒤집으니 발꿈치까지 잠기고
일렁대는 초록 물결 보이는 건 그뿐이네.
잠시 후 느릿느릿 파도 위로 머리 내밀더니
박에 기대 긴 숨 쉬고 다시 물로 들어가네.
어린애 땔감하고 돌아와 뽕나무 밑 잠자는데
할멈 와서 두들겨 깨워 성내며 말하였네.
"이웃집 계집애는 열세 살 나이인데도
포구에 늘 다니며 물속 깊이 들어간다.
네 놈은 남자 되어 저 애만도 못하면서
언제나 뽕나무 아래서 꿈속에 빠져 있다.
집안 살림 언제 여유가 생길 거며
언제 어른 되어 칭찬을 들을 터냐?"
가련타 누군들 자식 사랑하지 않겠냐만
목숨 아낄 줄 모르고서 이런 것 가르쳐서
그것을 얻어 생계 삼고
그것을 자랑하며 영예로 삼다니
머리 돌려 한 번 탄식하고 감개가 새로웁네.
세상 많은 부형들도 사랑을 잘못하여
부지런히 글 가르쳐 관리로 나가게 하네.
—

橫干島裏採鰒兒 (횡간도리채복아)

黃瞳赤髮形怪奇 (황동적발형괴기)

泅水飜倒雙踝沒 (수수번도쌍과몰)

只看綠浸生紋纈 (지간록침생문힐)

須臾冉冉出波頭 (수유염염출파두)

伏瓠長嘯還自投 (복호장소환자투)

小兒樵歸桑下睡 (소아초귀상하수)

嫗來擊起生嗔恚 (구래격기생진에)

隣家小嬌年十三 (인가소교년십삼)

常遊浦口能入深 (상유포구능입심)

爾獨爲男不如彼 (이독위남불여피)

長在桑下做夢裏 (장재상하주몽리)

家業何時有饒餘 (가업하시유요여)

何時成人聞稱譽 (하시성인문칭예)

可憐誰不愛其子 (가련수불애기자)

不愛性命而敎此 (불애성명이교차)

得此以爲生 (득차이위생)

誇此以爲榮 (과차이위영)

回頭一歎重感慨 (회두일탄중감개)

世間多少父兄失其愛 (세간다소부형실기애)

勤敎文字赴宦海 (근교문자부환해)

_ 김윤식(金允植), 「전복 따는 아이(探鰒兒)」

횡간도(橫看島)는 전남 여수시 남면에 속한 섬
이다. 전복을 캐는 여자아이는 모습도 예사롭지 않
다. 자맥질을 하다가 한참 후에 물 위에 떠올라 테왁
에 기대서 숨비소리를 토해내고는 이내 다시 물속에
들어간다. 여기까지는 어린 해녀의 모습을 보여주었
다. 다른 남자아이는 산에서 나무하고 돌아와 나무
밑에서 한잠에 빠져 있었다. 할머니가 아이의 단잠을
깨우며 물질하는 어린 해녀만도 못 하다고 타박한다.
그런 뒤에 세상에서 목숨을 아낄 줄도 모르고 험한
일을 가르치는 세태를 비판한다. 이렇게 물질을 가르
쳐 위험한 바다로 밀어 넣는 것이나 자식에게 글을
가르쳐 관리의 세계로 발을 들여놓게 하는 것이 크게
다를 바 없다고 말했다. 해녀나 관리나 목숨을 거는
어려운 일이었다.

고래 기름 등불 하나 바다를 비추는데
몸 뒤집어 파도 속에 들락날락 하는구나.

무슨 기술로 이렇게 하는 지 물어보니

"다만 어릴 적 잘 익힌 덕분입죠." 하누나.

—

一點鯨油徹海空 (일점경유철해공)

翻身出沒亂濤中 (번신출몰란도중)

問渠何術能如許 (문거하술능여허)

只是三三二二功 (지시삼삼이이공)

_ 윤증(尹拯), 「전복 따는 것을 보다(觀採鰒)」

해녀는 어둠 속에 불 하나 비추고는 파도에 몸
을 던진다. 연신 바다 속에 들어갔다 나왔다 하길 반
복하면서 전복을 채취한다. 그 재주가 하도 신통해서
무슨 기술이냐고 물어보니 태연스레 어릴 적부터 기
술을 익혔다고 답한다. 짧지만 해녀의 모습이 인상적
으로 묘사되어 있다.

조정철(趙貞喆)의 「탐라잡영(耽羅雜詠)」 연작시
중 한 편을 보면 "잠녀의 옷은 한 척쯤 짤막하여 알
몸으로 너른 파도에 자맥질하네. 요즘에는 부역은 무
겁고 고기 잡기 어려운데 예사롭게 몇 군데 관아에서
매질하네(潛女衣裳一尺短 赤身滅沒萬頃波 邇來役重魚難得 鞭扑

尋常幾處衙)."[02]라 하여, 해녀가 거의 알몸으로 작업하는 모습과 부역에 시달리는 고단한 현실을 함께 기록했다. 이런 모습은 다른 문헌에서도 쉽게 찾아볼 수 있다.[03]

이렇듯 한시에는 하루 종일 베틀에 앉아 있지만 비단옷을 걸치지 못하고, 목숨을 걸고 물속에서 전복을 채취하지만 정작 전복을 입에 대지도 못하는 사람들의 애달픈 현실이 종종 등장하곤 한다. 특히 해녀는 사나운 파도, 얼음장 같은 바다, 잠수병보다도 수령과 아전의 횡포에 더 큰 고통을 받았다. 물에서나 뭍에서나 그녀들이 마음 편히 쉴 곳은 없었다.

역사적으로 특별한 잠수 장비 없이 바다 속에 뛰어들어 물질로 생계를 이어 가는 직업은 한국과 일본에서만 찾아볼 수 있다. 그 가치를 인정받아 2016년 11월 해녀 문화는 한국의 열아홉 번째 인류무형문화유산으로 등재되었다. 이 결정이 조선 시대 극한 직업 중 하나였던 해녀의 고단한 삶에 대한 작은 위로와 치하가 되었을지. 지금도 제주 바다에는 해녀들이 물질을 멈추지 않고 있다.

거미

거미줄에 걸린 꽃잎에 지나간 봄을 아쉬워하다

○ 예로부터 거미는 지주(蜘蛛), 희자(蟢子), 희자
(喜子), 희주(喜蛛), 희모(喜母) 등 다양한 이름으로 불
렸다. 그리스 신화에도 거미가 등장한다. 자신의 베
짜기 실력을 믿고 아테나에게 도전해 승리를 따냈지
만, 아테나의 노여움을 사 거미가 된 여인 아라크네
(Arachne) 이야기를 보면 거미가 오래전부터 사람들에
게 관심의 대상이었다는 것을 알 수 있다. 19세기 전
기를 대표하는 연행록 가운데 하나인, 심전 박사호(朴
思浩)의 연행록에 따르면 "공작은 다른 것은 먹지 않
고 오직 거미만을 먹는다(孔雀不食它物 惟食絡蜘蛛)."라고
나온다. 이렇듯 한문학에는 거미에 얽힌 재미난 일화
나 거미와 거미줄을 소재로 한 시들이 꽤 남아 있다.
그렇다면 거미를 소재로 한 한시는 어떤 작품들이 있
을까?

아침에 사람 옷에 거미가 붙더니만
갑자기 내 집 문을 그대가 두드렸네.
대평상 방석에서 담소 다 마치기 전
지팡이 짚고 다시 해운 향해 돌아가네.

—

朝來蟢子着人衣 (조래희자착인의)

忽謾逢君叩我扉 (홀만봉군고아비)

蒲薦竹床談未了 (포천죽상담미료)

一筇還向海雲歸 (일공환향해운귀)

_ 이수광(李睟光), 「영동으로 돌아가는 친구를 만나다(遇友生歸嶺東)」

까치가 울면 반가운 소식이 올 거라 생각하는
데, 마찬가지로 거미도 좋은 소식을 뜻한다. 거미가
내려오면 기다리는 사람이 오고, 거미가 옷에 붙으
면 친한 사람이 찾아온다는 이야기가 있다. 그 말 그
대로 아침에 거미가 옷에 붙어서 무언가 기쁜 소식이
있겠다고 생각했더니, 정말로 오랜만에 친구가 찾아
왔다. 둘이서 담소를 충분히 나누지 못했지만, 친구
는 주섬주섬 짐을 챙겨 급히 길을 떠난다. 하지만, 만
난 것만으로도 반갑고 의미가 있었다. 이처럼 거미는

반가운 소식을 의미했다.

＞＞＞ 석 달간 봄바람이 꿈결처럼 지나가고
해당화 가지에는 연지가 걸려 있네.
거미도 봄빛을 애석히 여길 줄 알았던지
가지 끝에 그물 쳐서 지는 꽃 지키었네.
—

九十東風夢裡過 (구십동풍몽리과)

臙脂留却海棠窠 (연지류각해당과)

蜘蛛亦解憐春色 (지주역해련춘색)

遮網枝頭護落花 (차망지두호락화)

_ 김인후(金麟厚), 「해당화 가지에 거미줄이 쳐졌는데 떨어진 꽃
이 걸려 있었다. 그래서 시를 짓다(海棠花枝 有蛛網 落英留掛 因以
賦之)」

봄날이 훅하고 지나가 버렸다. 그 아름답던 해
당화도 예외는 아니어서 속절없이 땅에 떨어지고 있
었다. 그런데 마침 해당화 가지에 쳐놓은 거미줄에
붉은 해당화 꽃잎이 걸렸다. 시인은 이 사소한 장면
도 허투루 지나가지 않고, 봄이 가는 것을 애석해한

거미가 거미줄을 쳐 떨어지는 꽃잎을 걸리게 하여 봄을 지켰다고 해석했다. 김인후(1510~1560)의 시뿐 아니라 다른 시에서도 비슷한 구절들이 등장한다. 시인들은 거미가 거미줄을 쳐서 떨어지는 꽃을 걸리게 하는 것을 두고 봄이 가는 것을 안타까워 만류하는 것으로 보았다.

가슴 속 것 다 빼내어 그물을 만들어서
안개 섞고 이슬 엮어 처마 끝 덮었다네.
바람 부는 아침에 사뿐히 날던 나비 들러붙고
등불 켠 저녁에는 어지럽게 달려들던 나방
걸리었네.
게는 딱지 본래 있고 누에는 고치 지으며
귀뚜라미 베를 짜고 새는 베틀북 같네.
사람에게 보탬 없이 교묘하게 동물 해치니
괴이하다 몸은 작으면서 기교 크게 많음이.
—

抽盡心腸作網羅 (추진심장작망라)

和煙綴露覆簷阿 (화연철로복첨아)

風朝苒苒黏飛蝶 (풍조염염점비접)

燈夕紛紛胃撲蛾 （등석분분견박아）

蟹自有匡蠶則績 （해자유광잠즉적）

蟲能催織鳥如梭 （충능최직조여사）

於人無補工殘物 （어인무보공잔물）

怪爾形微巧太多 （괴이형미교태다）

_ 유계(兪棨),「거미를 읊다(詠蜘蛛)」

이 시에서 거미는 포식자로 등장한다. 거미가
거미줄을 쳐놓자 나비와 나방이 거미줄에 들러붙는
다. 게, 누에, 귀뚜라미, 새 등 대부분의 동물 혹은 곤
충들은 자신의 생태대로 각자의 삶을 영위한다. 그런
데 유독 거미는 거미줄을 쳐서 애꿎은 생물을 해치는
것처럼 보인다. 이런 모습 때문인지 거미줄은 종종
사람을 괴롭히는 세상의 함정에 비유되기도 하고 부
정적인 의미를 갖기도 한다. 유계(1607~1664)는 이 시
에서 거미가 사람에게 아무 도움이 되지 않는 생물이
라 평가했다.

은빛 실 뱃속 가득 줄줄 나와서
처마 틈에 비스듬히 거미줄 치네.

비에 젖어 거미줄 뒤집어지고
바람결에 비단 장막 흔들리었네.
반딧불 걸리니 별이 움직이는 듯
금빛 부서짐은 달빛 비친 것이네.
꽃 찾는 나비에게 전해주나니
날아다니다 걸릴까 걱정이라고.

—

銀絲生滿腹 (은사생만복)

簷隙掛橫斜 (첨극괘횡사)

帶雨飜蛛網 (대우번주망)

因風拂綺羅 (인풍불기라)

螢罹星欲動 (형리성욕동)

金碎月穿華 (금쇄월천화)

爲報探花蝶 (위보탐화접)

飛飛恐見遮 (비비공견차)

_ 이응희(李應禧), 「거미줄(蛛網)」

거미줄을 소재로 쓴 이 시는 거미줄을 꽤나 낭
만적으로 그렸다. 거미줄이 비에 젖고 바람에 흔들린
다. 반딧불이가 거미줄에 걸려 있으면 마치 별이 움

직이는 것 같았고, 달빛이 거미줄 새에 비추면 금빛이 부서지는 것만 같다. 이렇게 거미줄은 위협적으로 보이지 않는다. 그렇지만 어떤 생물의 생명을 앗아갈 수도 있다. 그래서 마지막은 나비에게 거미줄을 경계하라는 말로 끝맺는다. 여기서 거미줄은 우의(寓意)로도 읽힌다. 삶에서 달콤하고 아름다워 보이는 것이 정작 자신을 붕괴시킬 수도 있는 법이다.

거미는 썩 유쾌한 동물은 아니다. 그러나 해충을 처리해주는 고마운 동물이다. 일 년 동안 거미에게 잡아먹히는 영국 곤충의 총 무게는 영국 인구 전체의 무게와도 같다고 한다. 거미가 거미줄을 치는 데는 상당한 시간이 든다. 그러니 거미가 가진 여러 가지 의상(意想)에 지칠 줄 모르는 노력이라는 의미도 추가되어야 하지 않을까 생각해본다.

매미

한 철을 살기 위해 울다

○　매미는 성충이 되기 전까지 짧게는 5~7년, 길게는 17년 동안 땅속에서 굼벵이로 지낸다. 때가 되면 지상으로 올라오는데, 지상에서 고작 2주 정도 울다가 짧은 생을 마감한다. 지상에서의 삶보다 지하에서의 삶이 더 긴 슬픈 곤충이다. 매미나 인간이나 세상에 나와 성숙한 개체로 살아가는 시간은 너무도 짧다. 성충(成蟲)으로 허락된 삶이 찰나이기 때문일까? 그래서 매미는 귀 따가울 정도로 더 크게, 더 필사적으로 울어대는지도 모른다. 옛사람들은 매미를 보고서 무엇을 느꼈을까?

해 저물면 모두 다 쉬기 마련인데
너만 어이해 울기를 멈추지 않나.
내일이 있다는 것 잘 알면서도

오늘이 저무는 건 애석한 일일 테지.

—

日入群動息 (일입군동식)

胡爾啼不住 (호이제부주)

固知明日有 (고지명일유)

且惜今日暮 (차석금일모)

_ **이양연**(李亮淵), 「**저녁 매미**(暮蟬)」

    이 시의 제목은 저녁 매미다. '저녁'과 '매미'
가 만나 격렬한 화학 반응을 일으킨다. 저녁은 하루
가 저물어가는 시간이고 매미는 하루가 아쉬운 곤충
이다. 사람에게 하루는 흘러가는 수많은 날 중 하나
일 수 있으나, 매미의 일생에는 결코 적지 않은 시간
임에 분명하다. 이 때문에 매미는 지상의 모든 것이
쉬어가는 시간에도 쉬지 못한다. 매미의 오늘은 그
자체로 불가역적인 소멸이기 때문에, 매미에게 내일
은 희망이 되지 못한다. 그렇다면 인간의 삶은 어떤
가. 인간은 내일이 아니라 단지 오늘만을 살 뿐이다.
그래서 오늘이 사라지는 것은 인생의 한 켠이 무너져
내리는 것과 다름없다. 시인은 매미를 통해 아무나

쉽게 읽어내지 못하는 삶의 의미를 통찰하고 있다.

　　잠깐의 세월일랑 흘러가는 물과 같아
　　태어나서 봄가을도 알 길이 하나 없지.
　　비록 지금 천지간에 소리가 꽉 찼지만
　　다만 이 몸뚱이는 오랫동안 못 머문다오.
　　─

　　一片年光似水流 (일편년광사수류)
　　生來未許識春秋 (생래미허식춘추)
　　縱然聲滿今天地 (종연성만금천지)
　　只是形骸不久留 (지시형해불구류)

　　_ 정약용(丁若鏞), 「매미에 대하여 절구 삼십 수를 읊다(蟬唫三十
　　絶句)」

　　정약용(1762~1836)은 매미에 관해서 무려 30수
의 시를 남겼다. 「더위를 없애는 여덟 가지 일(消暑八
事)」이라는 제목의 시 8편 중 한 편에서도 매미를 소
재로 삼았다. 동쪽 숲에서 매미 소리를 듣는 것(동림청
선/東林聽蟬)이 더위를 잊게 해주는 특효약이었던 셈이
다. 매미는 여름 한 철을 세상이 떠나가도록 울다가

71

다른 계절이 있는 줄도 모르고 사라진다. 시인은 매미를 보면서 인간의 삶도 이와 다름이 없다는 생각을 한다. 인간은 잠깐의 삶에다 불가지(不可知)의 운명을 타고났다. 태어났지만 슬플 수밖에 없는 이유다. 인간은 잠깐 한 철만 시끄럽게 악다구니를 치다가 우주의 적막 속으로 사라지는 존재다. 이처럼 시인은 시끄러운 소음에서 광대한 적막을 읽어냈다.

> 수놈 암놈 번갈아서 시끄럽게 울어대니
> 정원에서 들리던 소리 정자로 옮겨갔네.
> 아마도 옥황상제가 적막함 불쌍히 여겨
> 잠시 하늘 음악 나누어 서생에게 주었나 보다.
>
> —
>
> 雄吟雌唱迭相鳴 (웅음자창질상명)
> 纔聽南園又北亭 (재청남원우북정)
> 疑是玉皇憐寂寞 (의시옥황련적막)
> 暫分天樂餉書生 (잠분천악향서생)
> _ 이응희(李應禧), 「매미 소리를 듣다 2수(聞蟬 二首)」

72

소리는 살아 있음을, 적막은 죽어감을 증거한다. 아무도 찾아오지 않는 집은 그야말로 적막강산이다. 그것은 나의 존재가 잊혔거나 사라져버림을 의미한다. 이때 들려오는 매미의 요란한 소리는 더 이상 소음이 아니라, 자신의 유폐(幽閉)를 위로해주는 옥황상제의 선물로 느껴진다.

진나라의 시인 육운(陸雲)은 매미를 두고 오덕(五德/문(文)·청(淸)·렴(廉)·검(儉)·신(信))을 갖춘 곤충으로 보았다.* 한편 이덕무(李德懋)는 매미와 귤의 맑고 깨끗함을 사랑하여 '선귤당(蟬橘堂)'이란 당호를 썼다. 선비들에게 매미는 고상한 곤충이었다. 실제로 매미의 성충은 야외에서 한 달쯤 활동하니 곤충류에서 단명하는 편에 속한다고 볼 수 없다. 하지만 매미가 고작 한 철밖에 살 수 없다는 사실은 강렬한 인상을 주기에 충분했다. 매미를 보고서 누군가는 삶의 허무를, 다른 누군가는 남다른 지사(志士)의 의연함을 보았다.

* 그의 시 「한선부(寒蟬賦)」에 나온다.

소

기꺼이 의로움을 나눠주는

○ 소는 참으로 고마운 동물이다. 예전부터 지금
까지 우리는 소를 타고 다니기도 하고 소의 힘을 이
용해서 농사를 짓기도 하였으며, 도축해서 고기를 먹
기도 했다. 소의 평균 수명은 보통 15년에서 20년이
지만, 소는 살아서든 죽어서든 일생 동안 인간에게
도움을 주는 고마운 존재다. 심지어 소는 주인을 구
하기 위해 호랑이와 맞설 정도로 의로운 동물이기
도 하다. 호랑이로부터 주인을 구한 소 이야기는 실
화로, 경상북도 구미시 산동읍에 의로운 소의 무덤인
의우총(義牛塚)이 아직까지 남아 있다. 그렇다면 한시
에 소는 어떤 모습으로 등장할까?

소 타는 게 즐거울 줄 몰랐다가
말 없고서 그제야 알게 되었네.

해질녘에 풀 향기 가득한 길에
봄날 해도 다 함께 더디게 지네.

—

不識騎牛好 (불식기우호)

今因無馬知 (금인무마지)

夕陽芳草路 (석양방초로)

春日共遲遲 (춘일공지지)

_ 양팽손(梁彭孫), 「우연히 읊다(偶吟)」*

　　매번 말을 타고 다니다가 어쩐 일인지 말이 없
어지자 소를 타고 다녔다. 소도 천천히 가고 봄날 해
도 더디게 진다. 소가 가는데 풀 향기가 코에 향긋하
게 풍겨온다. 말을 탔으면 지나쳤을 풍경을 이제야
느낄 수 있게 되었다. 그동안 너무 빠르게 속도만 욕
심내며 살아왔음을 반성하고, 만나는 사람과 주어진
일들에 최선을 다하리라 다짐해보게 된다.

*　이 시는 양팽손과 권만의 문집에 각각 다른 제목으로 자신의 시로 실
려 있다.

조용한 봄 도림(桃林)*에 그림자 오래 차가울 때

깨진 구유, 빈 외양간 근심스레 쳐다봤네.

담배가 입김을 나에게 빌려주니

난간 가에 무소가 생겨나게 되었다네.

—

春寂桃林影久寒 (춘적도림영구한)

破槽空廐悄相看 (파조공구초상간)

南婆借與吹噓力 (남파차여취허력)

生出欄邊黑牧丹 (생출란변흑목단)

_ 유의건(柳宜健), 「소를 사고 나서(久無耕牛 値南草踊貴 出所藏得錢 買一黑牛戲吟)」

예나 지금이나 소는 큰 재산이었다. 1970~80년에는 소를 팔아 아이들 대학 공부를 시켜서 상아탑이 아니라 우골탑(牛骨塔)이란 우스갯말이 있을 정도였다. 유의건(1687~1760)의 시에는 소를 산 기쁨이 담

* 주나라 무왕이 상(商)나라를 정벌하고 돌아와 군마(軍馬)를 화산(華山)의 남쪽으로 돌려보내 수레를 끌게 하고 소를 도림(桃林)의 들판에 방목하였다. 『書經(서경)』, 「武成(무성)」

겨 있다. 소를 키우고 싶은 마음은 굴뚝 같았지만 살
돈이 없었다. 그의 집에 있던 구유(소나 말 따위의 가축
들에게 먹이를 담아주는 그릇)는 깨져 있었고, 외양간 역
시 오래전부터 텅 비어 있었다. 그런데 담뱃값이 폭
등한 덕에 소를 살 수 있게 되었으니, 그의 기쁨이 얼
마나 클지 짐작해볼 수 있다.

> 아전들 용산 마을에 들이닥쳐서
> 소를 뒤져 관인에게 넘겨주노니
> 소를 몰고 저 멀리 가버리는 걸
> 집집마다 문에 기대 바라만 보네.
> 사또의 노여움만 막으려 하지
> 그 누가 백성들의 고통을 알랴.
> 유월에도 쌀 달라 요구를 하니
> 수자리(국경을 지키던 일)보다 고통이 한층 심
> 하네.
> (중략)
> 부인은 혼자되어 남편이 없고
> 영감은 늙도록 자식 손자 없었네.
> 소를 보며 눈물을 줄줄 흘리니

눈물 떨어져서 옷 흠씬 적시네.
마을 풍경 몹시도 찌들었는데
아전은 눌러앉아 어찌 안 돌아가나.
쌀독은 바닥난 지 오래됐으니
무슨 수로 저녁밥 지을 것인가
생계를 끊어지게 만들었으니
마을마다 다 함께 오열하누나.
소 잡아 권세가에 바치게 되면
수령 재주 그것으로 구별된다지.

—

吏打龍山村 (이타용산촌)

搜牛付官人 (수우부관인)

驅牛遠遠去 (구우원원거)

家家倚門看 (가가의문간)

勉塞官長怒 (면색관장로)

誰知細民苦 (수지세민고)

六月索稻米 (육월색도미)

毒痛甚征戌 (독부심정수)

(중략)

婦寡無良人 (부과무량인)

翁老無兒孫 (옹로무아손)

泫然望牛泣 (현연망우읍)

淚落沾衣裙 (누락첨의군)

村色劇疲衰 (촌색극피쇠)

吏坐胡不歸 (이좌호불귀)

瓶甖久已罄 (병앵구이경)

何能有夕炊 (하능유석취)

坐令生理絕 (좌령생리절)

四隣同嗚咽 (사린동오열)

脯牛歸朱門 (포우귀주문)

才諝以甄別 (재서이견별)

_ 정약용, 「용산의 아전(龍山吏)」

　　이 시는 강진 유배 시절인 1810년에 수령과 아
전의 횡포에 고통받는 농민의 모습을 목격한 정약용
이 쓴 시다. 18~19세기에는 삼정(三政)의 문란*에 따
른 농우(農牛) 수탈이 극심했다. 아전들이 소를 찾아

　　*　삼정(三政)의 문란: 조선 재정의 주류를 이루던 수취체제가 변질되어
부정부패로 나타난 현상.

내어 끌고 가는 것을 넋이 빠져 지켜볼 수밖에 없었다. 아전들은 백성의 고통은 모른 척하고 사또의 비위만을 맞추려 했다. 조세를 대신하여 소를 거둬가는 것은 농민들의 삶을 완전히 파탄으로 몰고 가는 행위였다. 아전은 사또를 위해 더 가혹하게 징수하고, 사또는 아전들이 거둔 것을 권세가에게 바쳤다. 이러한 불의에 피해를 입고 고통받는 것은 결국 무력한 백성이었다. 자신들의 안일과 출세를 위해 누군가의 생명과 희망을 아무렇지 않게 빼앗은 것이었다.

한 해에도 몇 천 마리 소 떨며 죽게 되니
원한 기운 하늘까지 나쁜 기운 흐른다네.
묻노니 농가에서 봄 농사 하는 날엔
도리어 개와 돼지 시켜 대신 밭 갈 것인가?
—

一年殼觫幾千牛 (일년곡속기천우)

冤氣窮霄沴氣流 (원기궁소려기류)

借問田家東作日 (차문전가동작일)

還令犬豕代耕不 (환령견시대경불)

_ 김평묵(金平默), 「소 잡는 것을 탄식하다(殺牛嘆)」

평소에는 소 도축이 엄격하게 금지되어 있지만, 때때로 도축이 이루어지기도 했다. 1, 2구에서는 소를 도축하는 일은 불인(不仁)한 일이므로 소를 죽이면 흉년이나 우역 등 나쁜 일이 발생할 빌미가 될 수도 있다고 말했다. 3, 4구에서는 도축 이후에 농사철이 되면 소가 없는 상황을 어떻게 감당할 것인지 우려를 담았다.

소를 다룬 한시 중에는 우역(牛疫)에 대한 것도 있다. 우역이 돌면 소들이 죽어나가서 당장 농사를 짓는 일마저 막막해졌다. 유의건(柳宜健)의 시 「소가 병들어 많이 죽자 사람들이 모두 걱정하다(牛病多死人皆憂之 吾家無牛獨不憂 然牛盡死 耕種時借得無處 獨安得不憂 偶吟)」에서는 "소 있으면 병들까 근심하고 병들면 죽을까 근심하니, 난 본래 소가 없어 근심치 않아도 되네. 다만 두려운 것은 이웃집 소 다 죽으면, 서쪽 밭의 농사에는 뉘 집 소 빌릴 것인가(有牛憂病病憂死 我本無牛可不憂 但恐人家牛死盡 西疇有事借誰牛)."라 하였다.

소는 사람들에게 대단히 의미 있는 동물이었다. 김평묵의 시에서는 소를 타면서 지금껏 살아왔던 삶의 의미를 다시 한번 되돌아본다. 어렵게 소를 얻게 되었을 땐 크게 기뻐하였고, 소를 빼앗겼을 때는 깊이 탄식하기도 한다. 소의 소유 여부에 따라 사람들의 희비가 엇갈렸고, 소를 잡는 것을 꺼려하며 소가 죽으면 슬퍼하였다. 사람들에게 소는 단순한 재산이 아닌 고단한 삶을 함께 헤쳐나가는 오랜 친구였던 것이다.

병아리

어느새 훌쩍 자란 아이들

○   병아리는 한문으로 계아(鷄兒) 또는 계추(鷄雛)
등으로 표기할 수 있다. 지금은 거의 찾아볼 수 없으
나 예전에는 병아리 파는 상인을 학교 앞이나 육교에
서 종종 발견할 수 있었다. 샛노랗고 귀여운 병아리
를 그냥 지나치기란 거의 불가능한 일이었다. 집으로
데려와 지극정성 애를 써서 키워보지만, 그렇게 데
려온 병아리들은 오래 살지 못했다. 누군가에게 유년
시절의 아련한 추억으로 남아 있을 병아리는 한시 속
에도 종종 등장한다.

꽃잎에 들어가서 흰나비 삼키고
물 마시고 봄날에 잠만 자더니
가을 오자 꼬끼오 한 번 우니까
비바람 속 사람들 길을 떠나네.

.

入花吞白蝶 (입화탄백접)

飲水眠靑春 (음수면청춘)

秋來能一唱 (추래능일창)

風雨發行人 (풍우발행인)

_ 황오(黃五), 「병아리(鷄兒)」

　　꽃잎 사이에 들어가 앉아 있던 병아리는 흰나
비를 꿀꺽 삼켰다. 꽃밭에서 나와서 물 마시고 자리
에 앉아 하냥 그대로 꾸벅꾸벅 조는 것이 병아리의
하루 일과다. 그러다 가을이 찾아오자 병아리는 그새
부쩍 자라 있었다. 제법 닭과 같은 소리로 울어대서
비바람 치는데도 사람들은 날이 밝았나 생각을 하고
길을 떠난다. 1, 2구와 3, 4구 사이에는 시간의 격절
(隔絶)이 있다. 계절이 바뀌자 훌쩍 자란 병아리의 모
습을 잘 그려내고 있다.

　　수탉은 색이 붉고 암탉은 누른데
　　5월 초순에 병아리 아홉을 낳았도다.
　　(병아리) 하나하나 둥글게 어미 발을 도는데

털과 깃 들쭉날쭉 제각기 달랐다네.
백 일도 안 됐는데 날갯짓 능히 배워
아침마다 높아져서 몇 자에 이르렀네.
해 따숩고 모래 밝은 옛 복숭아 둑에
울 밑의 벌레들은 작아서 쪼을 만하네.
때때로 목 빼지만 소리 길진 못한데
나무 아래 날개 치니 푸드득 소리 나네.
바구니 속 낟알들을 땅 가득 뿌리노니
한꺼번에 앞 향하여 서로 무리 부르는데
새끼 급히 불러서 닭장으로 몰아넣은 건
하늘 위 솔개들이 풀밭을 노려서네.

—

雄雞色赤雌雞黃 (웅계색적자계황)

五月初旬生九雛 (오월초순생구추)

箇箇團圓旋母脚 (개개단원선모각)

毛羽參差各自殊 (모우참치각자수)

未過百日能學飛 (미과백일능학비)

朝朝漸高至數尺 (조조점고지수척)

日暖沙明古桃畔 (일난사명고도반)

籬下虫蟻細可啄 (이하충의세가탁)

85

有時引頸聲不長 (유시인경성부장)

樹底鼓翼聞拍拍 (수저고익문박박)

籌中細粒鋪滿地 (구중세립포만지)

一時向前羣相呼 (일시향전군상호)

急喚兒童驅入窠 (급환아동구입과)

上有飛鳶睨平蕪 (상유비연예평무)

_ **이좌훈**(李佐薰), 「**닭이 병아리를 낳다**(鷄生雛)」

이 시는 닭들이 병아리 아홉 마리를 낳아서 키
우는 모습을 그리고 있다. 날갯짓을 배우고 벌레들을
쪼아먹으며 꼬끼오 울어대는 것까지, 점점 닭이 되어
가는 성장 과정을 섬세하게 관찰하여 썼다. 그래도
아직은 부모의 도움이 필요한지 솔개가 하늘에 뜨자
닭들이 급히 병아리들을 피신시키고 있다.

날개로 동그란 알 덮어주어서
그럭저럭 이십 일 지나가도록
암컷은 자애롭게 부지런히 어미 노릇하니
껍질이 깨지면서 병아리 나왔네.
새끼를 먹이려고 벌레 구하고

까치와 까마귀 피하라고 조심시켰네.
닭을 보면 나도 배운 것 있으니
양자 키우는 수고 마다 않으리.

—

翼覆團團卵 (익복단단란)

自然卄日踰 (자연입일유)

雌慈勤作母 (자자근작모)

甲坼乃生雛 (갑탁내생추)

哺子求虫蟻 (포자구충의)

警兒避鵲烏 (경아피작오)

觀鷄吾有得 (관계오유득)

負贏不辭劬 (부라불사구)

_ **남정일헌**(南貞一軒), 「**병아리**(鷄兒)」

　　남정일헌(1840~1922)은 일찍이 스무 살에 남편
을 잃었다. 게다가 남편 사이에서 자식이 없어 양자
를 들여 키웠다. 아직 젊디 젊은 나이에 아내로서의
삶은 중단됐지만, 어머니로서의 삶을 선택했다. 닭이
병아리를 키우는 과정은 꼭 사람이 제 자식을 키우는
과정과 닮아 있다. 대개 21일 동안 알을 품는데 그 기간 동안은 거의 온종일 알만 품고 있다. 그렇게 병아리가 태어나면 벌레를 구해다가 먹이고 천적들에게 해코지 당하는 것을 막아준다. 이런 닭의 모정을 보고 내 배 아파 낳은 아이는 아니지만 양자를 잘 키워보겠다는 다짐을 했다.

한시에서 병아리는 대개 병아리의 있는 그대로의 모습을 관찰하거나, 어미 닭과 함께 다뤄 모성과 양육을 이야기할 때 등장한다. 한시에는 여러 동물이 등장하지만 병아리는 구구절절 설명하지 않아도 그저 등장하는 것만으로도 귀엽고 샛노란 모습이 자동 연상되어 읽는 이로 하여금 기분 좋은 미소를 짓게 한다. 암탉과 함께 모성의 주제를 담거나, 솔개를 만난 안타까움을 표현하기도 하고, 알을 깨고 나오는 모습을 통해 새로운 세상으로 나아가는 용기에 감탄하고 응원의 마음을 갖도록 한다. 한시 속에서 병아리는, 아주 미약한 존재라도 다양한 주제를 담는 의미 있는 그릇이 될 수 있다는 사실을 알려준다.

노비

오랜 가족 같은 존재

○ 알렉스 헤일리의 동명 소설을 원작으로 만든 드라마 〈뿌리〉는 방영 당시 많은 사람에게 상당한 충격을 주었다. 솔로몬 노섭의 소설을 바탕으로 한 영화 〈노예12년〉도 충격적이긴 마찬가지였다. 이 영화는 드라마 〈뿌리〉와 마찬가지로 흑인 노예들의 비참한 삶을 생생히 그려냈다. 노예제를 소재로 자유를 향한 투쟁 의지를 그린 콘텐츠들이 그렇듯 노예를 떠올릴 때 우리는 흔히, 먼 다른 나라의 이야기를 먼저 떠올린다. 그러나 여러모로 다르기는 했지만 조선 시대에도 노비(奴婢)가 존재했다.

한국을 연구한 역사학자 제임스 팔레는 노비의 비율이 30%였던 조선 시대를 노예제 사회라고 규정한 바 있다.04 논란의 여지가 있기는 하나, 진위 여부를 차치하더라도 노비라는 존재가 조선 사회에 상당한 비중을 차지했던 것만은 분명하다. 노비에 대한 기록은 노비 스스로 남긴 것은 없고, 오로지 주인의 시선으로 노비를 바라본 것만 존재한다. 그래서 철저히 갑(甲)의 시선과 심정에 편중된 기록이라는 점에서 한계가 있다. 그럼에도 노비의 삶을 들여다보는 것은 당시의 문화와 사회 분위기를 살필 수 있다는 점에서 분명 의미가 있다. 그 옛날 노비들은 어떤 삶을 살아냈을까?

대야 깼다 어린 여종 혼내지 말 것이니
괜스레 타향에서 고생만 시키었네.
산집의 기이한 일 하늘이 날 가르쳐
이제부턴 시내 나가 내 얼굴 씻으려네.

—

莫爲破匜嗔小鬟 (막위파이진소환)

客居買取任他艱 (객거매취임타간)

山家奇事天敎我 (산가기사천교아)

從此前溪抔洗顔 (종차전계부세안)

_ 윤선도(尹善道), 「여종이 낡은 세숫대야를 깨뜨렸기에(女奚破鹽
面老瓦盆)」

나이 든 노비는 그나마 나았지만 어린 노비는 여러모로 다루기가 만만치 않았다. 그래서 당근과 채찍의 양면책으로 어린 종을 대하는 것이 제일 좋은 방법이었다. 하지만 실제 생활에서 어린 노비가 저지르는 실수는 주인의 화를 돋우기에 충분했다.

　　위의 시에서는 주인의 훌륭한 인품이 인상적이다. 이 시는 윤선도(1587~1671)가 함경도 종성 땅에 유배되었던 시기에 썼다. 여종이 세숫대야를 깨서 복장이 터지지만 서울에서 먼 땅까지 와서 수발하는 정성을 생각하니, 차마 야단을 칠 수는 없었다. 시내를 대야 삼아 세수를 해야겠다는 다짐을 하며 상황을 마무리했다.[05]

> 나가서는 우물 안의 표주박 되고
> 들어와선 부엌 안 빗자루 돼라.
> 죽을 때까지 물 긷고 불 때게 되어
> 머리와 배가 타고 썩어야 되리.
> ―
> 出爲井中瓢 (출위정중표)
> 入爲竈中帚 (입위조중추)

91

畢生供汲炊 (필생공급취)

頭腹從焦朽 (두복종초후)

_ 이서우(李瑞雨), 「노비가 도망할 계책이 있었다. 장난삼아서 읊
는다(奴婢有逃計 戱吟)」

　　도망간 노비에 대한 주인들의 감정은 복잡했
다. 섭섭함이나, 엉망이 되어버린 일상의 아쉬움을
함께 표현했다. 거기서 한발 더 나아가 자신의 인색
한 태도를 반성하기도 하였다. 도망간 노비를 잡는
일을 추노(推奴)라고 하는데, 실제로 다시 잡아 오기
는 쉽지 않은 일이었다.

　　위의 시는 '장난삼아 읊는다(戱吟)'라는 제목을
달아 언뜻 농(弄)을 던지는 것처럼 보이지만, 실제로
는 저주나 악담에 가까운 내용을 담고 있다. 표주박
이나 빗자루처럼 죽도록 모진 노동에 종사하라고 했
다. 노비에 대한 배신감을 여과 없이 드러낸 셈이다.

　　내가 인정머리 없는 것 부끄러웠고

　　네가 힘을 써준 일이 너무 슬프네.

　　소생함에 곤란하다 버리지 않고

도리어 영사의 재능 사랑했도다.

어이 알았으랴 요절하여서

그 아이 보살핌 못 받게 될 줄

몇 번이나 꺼져가는 등불 밑에서

잠결에 "이리 오너라" 잘못 불러보네.

—

無恩吾有愧 (무은오유괴)

服力爾堪哀 (복력이감애)

不棄蘇生困 (불기소생곤)

還憐穎士才 (선련영사재)

那知成短折 (나지성단절)

未遣受培栽 (미견수배재)

幾度殘燈下 (기탁잔등하)

和眠錯喚來 (화면착환래)

_ 신방(申昉), 「어린 종의 죽음을 슬퍼하다. 병서(哀小僕 幷叙)」

시와 함께 기록된 글을 보면 저간의 상세한 내용이 나온다. 아이의 이름은 중만(重萬)이었다. 원체 빠릿빠릿하고 부지런한 아이였다. 하지만 불행히도 17살에 폐병에 걸려 짧은 삶을 살다 세상을 떠났다.[06] 4구의 '영사(穎士)'는 당나라의 문인 소영사(蕭穎士)를 가리킨다. 그에게는 십년 동안 데리고 있던 종이 있었는데 자주 매를 때렸다고 한다. 이를 안타까워한 어떤 사람이 종에게 떠나라고 하자, 종은 "내가 떠나지 못하는 게 아니라 그의 훌륭한 재주를 사랑해서다."라며 끝내 떠나지 않았다. 그 종은 밤이 늦은 시간에도 부르기만 하면 금세 달려왔다. 그래서 주인은 버릇처럼 한밤중에 아이를 불렀다가, 병에 걸려 이미 세상을 떠났다는 사실을 깨닫고 슬퍼한다. 신방(1686~1736)은 이 시에 어린 종의 죽음에 대한 진심 어린 조사(弔辭)를 담았다.

주인은 노비에게 다양한 감정을 느꼈다. 어린 종의 실수에 마음의 평정심을 잃고 심하게 화를 내거나 매질을 하기도 했는데, 뒤에서는 자책하며 반성하기도 했다. 노비가 도망을 가버리면 노동력의 상실과 함께 배신감까지 느꼈다. 노비의 죽음을 다룬 시에서는 가족의 죽음과 별반 다를 바 없는 상실감을 내보이기도 한다. 단순한 주종(主從) 관계를 떠나 한 가족으로 여기는 마음도 어느 정도 가지고 있었다는 것을 짐작할 수 있다.

선연동

젊음과 아름다움은 한때의 선물일 뿐

○　선연동(嬋娟洞)은 평안북도 평양 칠성문(七星門) 밖에 있는 기생들의 공동묘지이다. 홍만종(洪萬宗)의 『소화시평(小話詩評)』에 "선연동은 당나라 때 궁인사(宮人斜/궁인들의 무덤)와 비슷한 곳으로, 이곳을 지나는 시인들은 반드시 시를 남겼다."는 기록이 나온다. 그녀들은 꽃같이 아름다웠던 한철을 보내고 무덤에 자리를 잡았다. 시인들은 선연동을 어떻게 기억하고 있을까?

　　모란봉 아래 선연동 찾았더니
　　골짝에 향 묻었는데 풀만이 봄 알리네.
　　만일 신선술을 빌릴 수만 있다면
　　그때 가장 예뻤던 이 불러일으키련만.
　　─

牧丹峯下嬋娟洞 (모란봉하선연동)

洞裏埋香草自春 (동리매향초자춘)

若爲借得仙翁術 (약위차득선옹술)

喚起當年第一人 (환기당년제일인)

_ **이달**(李達), 「**선연동**(嬋娟洞)

이 시는 이달의 문집에는 실려 있지 않고 이덕무의 『청장관전서(靑莊館全書)』에 실려 있다. 『청장관전서』에는 "손곡 이달(1539~1612)이 서경(西京)을 유람할 적에 선연동을 지나는데 이때 마침 산꽃은 바람에 나부끼어 떨어지고 비를 실은 구름은 대낮을 침침하게 하였다. 손곡은 선연동의 무덤가를 맴돌며 슬퍼하다가 시 1수를 읊었다."라고 나온다.

이 시를 짓고서 술에 취해 여관에서 자는데, 기생들의 귀신이 나타나서 좋은 시를 지어주어 감사하다고 하고서 떠났다고 한다. 이달은 죽은 그녀들을 소생시키고 싶다는 이룰 수 없는 바람을 담아서 그녀들의 죽음에 조사를 남겼다.

해마다 봄빛 버려진 무덤에 이르면

꽃은 새 단장한 듯 풀빛은 치마 같네.
저 많은 꽃다운 넋 그대로 남아 있어
지금껏 비 되었다 다시 구름 되는구나.

—

年年春色到荒墳 (연년춘색도황분)

花似新粧草似裙 (화사신장초사군)

無限芳魂飛不散 (무한방혼비불산)

秪今爲雨更爲雲 (지금위우갱위운)

_ 권필(權韠), 「선연동(嬋娟洞)」

봄이 되면 무덤에 꽃이 피고 풀이 돋아난다. 기
녀의 모습에서 연상하여 꽃이 핀 건 여인이 새 단장
한 것으로, 풀이 돋아난 건 여인의 치마로 보았다. 무
덤에 구름이 끼다 다시 비가 내리니 더욱 마음이 아
련하다. 시인은 이 풍경을 고사를 빌려 아름답게 표
현했다. 초나라 회왕(懷王)이 고당(高唐)에 노닐다가
꿈속에 아름다운 여인과 운우(雲雨)의 정을 나누었다.
여인이 이별하며 말하기를 "첩은 무산(巫山)의 남쪽
고구의 꼭대기에 있는데, 아침에는 구름이 되고 저녁
에는 비가 되어 아침저녁으로 양대(陽臺) 아래에 머물

러 있을 것입니다."라고 하였다. 이처럼 그는 죽음의
공간인 무덤에서 그녀들을 되살려내고 있다.

　　권필(1569~1612)은 같은 제목으로 한 편의 시를
더 남겼다. "적막한 옛 골짝에 풀만이 봄 알리는데,
객이 와서 어인 일로 몰래 마음 슬펐던가. 가련타 이
곳에는 비취가 묻혔으니, 모두가 당시에는 가무 하던
사람일세(古洞寥寥草自春 客來何事暗傷神 可憐此地埋珠翠 盡是
當時歌舞人)." 이 구절에서 나타나듯 시인은 당시에 기
녀들의 가무하던 모습을 떠올리며 삶의 무상함을 재
확인한다.

　　　선연동 고운 풀빛 비단 치마와 견주나니
　　　분내음 남은 향이 옛 무덤 감도누나.
　　　오늘날 아가씨들 아름다움 자랑 마오.
　　　무덤 속 무수한 이 그대들과 같았다오.
　　　─

　　嬋娟洞草賽羅裙 (선연동초새라군)
　　剩粉殘香暗古墳 (잉분잔향암고분)
　　現在紅娘休詫艶 (현재홍낭휴이염)
　　此中無數舊如君 (차중무수구여군)

98

_ 이덕무(李德懋), 「선연동(嬋娟洞)」

『삼명시화』에는 "이 시를 읽는 사람들은 자기
도 모르게 탄복하여 한때 널리 전송되었다."라고 나
온다. 선연동에 있는 향그런 풀을 여인의 비단 치마
와 분내음으로 환치시켰다. 지금 아름다움을 온몸으
로 과시하는 젊은 아가씨들이나 무덤 속에 누워 있는
옛날 아가씨들이나 다를 것이 없었다. 그들도 그때는
그랬다. 죽음은 이렇게 다음 역처럼 분명하게 우리를
기다린다. 젊고 아름다운 것은 한때 부여받은 찬란한
선물이고, 늙고 추레해지는 것은 그동안 누렸던 것에
대한 압류통지서다.

세월은 무상해서 금세 젊음을 빼앗아가고 생명
을 앗아간다. 선연동은 기녀들의 무덤이다. 시인들은
그곳에 들러 노래하고 춤추었던 아리따운 기녀들의
모습을 떠올려본다. 젊음도 생명도 다 사라진 초라한
무덤에서 인간사의 허망함을 다시금 절감한다.

절명시

생애 마지막 순간에 남기는 시

○   세상을 뜨기 전 마지막으로 남긴 시를 가리켜 절명시(絶命詩), 절필시(絶筆詩), 임명시(臨命詩), 임형시(臨刑詩), 사세시(辭世詩), 필명시(畢命詩)라고 한다. 형장의 이슬로 떠나기 전에, 순절(殉節)을 결심한 이가 결행 직전에, 병으로 자신의 죽음을 예감했을 때 주로 이 같은 시를 짓는다. 죽음이 내 앞에 성큼 다가왔을 때 우리는 그 명징한 사실을 어떻게 받아들여야 할까?

둥둥둥 북을 쳐서 목숨을 재촉할 제
머리 돌려 바라보니 해가 기우네.
저승길엔 주막집 없다 하나니
오늘 밤은 누구의 집에서 잘까.
—

擊鼓催人命 (격고최인명)

回首日欲斜 (회수일욕사)

黃天無一店 (황천무일점)

今夜宿誰家 (금야숙수가)

_ 성삼문, 「죽음에 임해 절명시를 쓰다(臨死賦絶命詩)」

성삼문(1418~1456)의 문집인 『성근보집(成謹甫集)』에는 이 시가 나오지 않는다. 성삼문이 처형장으로 가는 길에 수레를 따르던 대여섯 살 된 딸에게 건넸다 전해지는 이 작품은 진위 의문이 제기된 바 있기도 했다.[07] 성삼문은 사육신으로 절개를 지키다가 처형을 당했다. 대의를 따르다 죽음을 맞게 되었지만, 죽음에 대한 막막한 심정만은 숨길 수 없었다. 과연 죽음 뒤에 무엇이 기다리고 있을까?

입추 되는 7월을 몹시도 기다렸는데
병 속에 보낸 하루, 한 해가 지나는 듯.
저녁에 가을바람 잡생각 날려주니
나도 몰래 깊은 병이 저절로 낫게 되네.
─

101

苦待立秋七月節 (고대입추칠월절)

病中過日如過年 (병중과일여과년)

秋風一夕吹煩惱 (추풍일석취번뇌)

不覺沈疴却自痊 (불각침아각자전)

_ 윤원거(尹元擧), 「병중에 우연히 읊다(病中偶吟, 임자년 7월 초에

병이 심해졌다. 절구 한 수를 지었으니 이게 마지막으로 쓰는 글이다(壬子七

月初病劇 賦一絶 乃絶筆也)」

윤원거(1601~1672)의 연보에는 죽음의 순간이 상
세히 기록[08]되어 있지만, 그가 어떤 병을 앓았는지 확
인할 수는 없다. 기록에 따르면 여름에는 더치고 가
을에는 잦아드는 병이었다. 가을이 오기만을 그토록
고대했지만 병은 돌이킬 수 없는 지경이 되어버렸다.
절명시에서는 삶에 대한 집착보다 육신의 해방을 갈
구하는 내용이 주를 이룬다. 죽음이 명료한 현실이
될 때 오히려 사람들은 담담히 죽음을 인정하고 받아
들이게 된다. 절명의 순간에 보이는 이러한 안심입명
(安心立命/생사의 도리를 깨달아 내세의 안심을 꾀함)의 태도
는 죽음의 가공할 만한 폭력을 무력화하는 듯하다.

일생을 수심 속에 지나왔으니
밝은 달 바라봄은 부족했었네.
만년토록 길이 서로 마주하리니
이번 길 나쁘다고만 하지 못하리.

—

一生愁中過 (일생수중과)

明月看不足 (명월간부족)

萬年長相對 (만년장상대)

此行未爲惡 (차행미위악)

_ **이양연**(李亮淵), 「**위독**(病革)」

　　이 시는 작가가 생애 마지막에 읊은 절명시이
다. 수심이 가득한 삶을 살다 보니 밤하늘의 달도 볼
겨를이 없다. 죽음 후에는 좋아하던 달을 마음껏 볼
수 있으리라. 그렇다면 죽음이 꼭 슬퍼할 일만은 아
니다. 달이라는 자연이 가진 무한성은 인간의 유한성
을 효과적으로 대체해준다. 삶의 마지막 순간에 시사
여귀(視死如歸/죽음을 고향에 돌아가는 것처럼 여김)의 태도
를 보여줬다. 그의 무덤은 달빛이 잘 드는 언덕에 위
치하고 있었을지도 모르겠다.

절명시는 다른 어떤 문학 작품보다 죽음에 근접한다. 죽음을 사전에 예기(豫期)해서도, 타인의 죽음을 목격해서도 아닌, 자신의 죽음에 대한 날 것 그대로의 기록이라 할 수 있다. 절명시가 아직도 유효한 메시지인 이유는 아직은 살아 있는 우리에게 주는 마지막 전언(傳言)이기 때문이다.

호기

단단한 마음으로 마주한 세상

○　오늘날 남성의 모습은 과거와는 사뭇 달라졌다. 가부장적인 태도를 고수하며 제멋대로 행동하는 마초 같은 남자는 이제 설 곳이 없기 때문이다. 그렇다면 남자다운 남자란 무엇일까? 가슴 속에 당당한 포부와 역경에도 쉬이 굽히지 않는 배짱이 있는 사람을 남자답다고 말할 수 있지 않을까. 우리가 지향할 삶의 태도는 남들 눈에 들기 위해 애쓰는 것이 아니라 나대로 당당하게 살아가려는 마음가짐에 있다. 그래서 호기(豪氣/씩씩하고 호방한 기상)는 허세(虛勢/실속 없이 겉으로만 보이는 기세)와는 분명히 구분된다. 허세는 없는 것을 있는 듯 꾸며내지만, 호기는 본래 갖고 있는 것을 당당히 드러내는 것이다.

백두산 돌은 칼 갈아 다 없애고

두만강 물은 말 먹여 다 없앴네.

사나이 스물에 나라 평정 못 한다면

훗날에 어느 누가 대장부라 이르리오.

—

白頭山石磨刀盡 (백두산석마도진)

豆滿江流飮馬無 (두만강류음마무)

男兒二十未平國 (남아이십미평국)

後世誰稱大丈夫 (후세수칭대장부)

_ 남이(南怡), 「정남(征南)」

　　이 시는 남이(1441~1468)장군이 여진족을 토벌하고 쓴 것이다. 남이 장군은 너무 어린 나이에 승승장구했다. 백두산과 두만강을 누비면서 뜻대로 할 수 있었다. 그래서 그런지 이 시에 내비치는 과도한 자신감이 치기처럼 보이기도 한다. 이러한 호기는 자칫 위험할 수 있다.

　　야사를 보면 재미난 이야기가 나온다. 조선 전기의 대신 유자광이 그의 역모를 고변할 때 이 한시의 3행 "남아이십미평국(男兒二十未平國)"의 '평평할 평(平)' 자를 '얻을 득(得)' 자로 고쳐 모함했다고 한다.

실학의 선구자로 불리는 이수광은 이 시를 읽고 저서 『지봉유설(芝峯類說)』에 "그 말뜻이 발호하여 평온한 기상이 없으니 화를 면하기가 어려웠다."라고 평했다. 여기서 '발호(跋扈)'란 큰 물고기가 통발을 뛰어넘는다는 뜻이니, 아랫사람이 권력을 휘둘러 윗사람을 벌하는 것을 일컫는다. 이 시가 이래저래 남들 눈에 거슬렸던 모양이다.

손가락 튕겨 보니 곤륜산 박살나고
숨 한 번 내쉬어보니 땅덩어리 산산조각.
우주를 가두어서 붓끝에 옮겨보고
큰 바다 기울여서 벼루에 쏟아붓네.
―

彈指分崑崙粉碎 (탄지혜곤륜분쇄)

噓氣分大塊紛披 (허기혜대괴분피)

牢籠宇宙輸毫端 (뇌롱우주수호단)

傾寫瀛海入硯池 (경사영해입연지)

_ 장유(張維), 「큰소리(大言)」

손가락 한 번 튕기니까 곤륜산이 단박에 박살이

나고, 숨을 한 번 내쉬니까 커다란 땅덩이가 산산조
각이 난다. 붓끝으로 우주를 써 내려가고 벼루에다 큰
바닷물을 쏟아놓는다. 장유(1587~1638)의 시 내용을
보면 스케일이 이만저만 큰 것이 아니다. 자잘한 일과
관계에 못 견디어 한숨 쉴 필요 없다. 멀리서 보면 다
사소한 일들이라 할 수 있다. 작은 일에 부르르 떨고
사람들을 못 견뎌 하면서 살지 않겠다는 다짐이다.

몇 자 안 되는 어린 대나무지만
구름도 넘어설 뜻 이미 지녔다.
몸이 날아올라서 용이 되리라
평지에 결코 눕지 않을 것이다.

—

嫩竹纔數尺 (눈죽재수척)
已含淩雲意 (이함릉운의)
騰身欲化龍 (등신욕화룡)
不肯臥平地 (불긍와평지)
_ 홍세태(洪世泰), 「어린 대나무(嫩竹)」

이 시는 홍세태(1653~1725)가 45살이 되던 해

108

에 지은 작품이다. 꿈은 더디게 현실로 모습을 바꾸
거나 끝내 모습을 바꾸지 않는다. 그래서 자질은 충
분하나 성취는 부족한 사람을 두고 위로하는 말들은
많다. 미완의 대기, 대기만성, 유망주 등이다. 그러나
이 말에는 끝내 성취도 없이 사라질 수 있다는 가능
성도 함께 담겨져 있다.

아직은 어린 대나무이다. 다 자라기 전에 꺾일
수도 있지만 저 높이 창공까지 자라고 싶다. 이렇게
평지에 누워서 남들의 눈에 띄지 않은 채로 삶을 마
치지는 않겠다. 용처럼 멋지게 하늘로 날아오르리라.
그는 끝내 용이 되었을까? 홍세태는 당대 최고의 시
인으로서 2,000수 넘는 시를 지었다. 게다가 『해동유
주(海東遺珠)』를 찬집해 중인 문학의 위상을 드높였으
며, 일본과 중국에서도 알아주는 시인이 되었다.

천 석들이 저 종을 쳐다보게나
크게 치지 않으면 소리도 안 난다네.
만고에 변함없는 천왕봉을 보세나
하늘이 울어대도 우는 일 전혀 없네.
—

請看千石鍾 (청간천석종)

非大叩無聲 (비대고무성)

萬古天王峯 (만고천왕봉)

天鳴猶不鳴 (천명유불명)

_ 조식(曹植), 「덕산 계정의 기둥에 쓰다(題德山溪亭柱)」

　　이 시는 「천왕봉(天王峯)」이란 제목으로 알려져
있으나, 조식(1501~1572)의 문집인 『남명집』에는 「제
덕산계정주(題德山溪亭柱)」라는 제목으로 실려 있다.
시는 지리산 정상에 오른 시인의 감회를 담고 있다.
산의 정상에 서면 여러가지 감회가 솟아오른다. 이이
(李珥)는 「비로봉에 올라서(登毘盧峯)」에서 "지팡이 끌
고 산꼭대기 오르노라니, 세찬 바람 사방에서 불어오
누나. 푸른 하늘은 머리 위의 모자요, 파란 바다는 손
바닥 안의 술잔이구나(曳杖陟崔嵬 長風四面來 靑天頭上帽 碧
海掌中杯)."라 하였다.
　　이 시를 쓴 남명 조식은 퇴계 이황과 함께 조선
시대를 대표하는 대학자이다. 그는 벼슬에 나가지 않
고 처사의 삶을 자처했지만 누구보다 학식과 명망이
높았다. 평소 성성자(惺惺子)라는 이름의 방울을 달고

경의검(敬義劍)이라는 칼을 차서 경계를 늦추지 않는 삶을 실천했다.

청량산이 퇴계를 대표한다면 지리산은 남명을 대표한다. 커다란 종을 보면 어지간한 큰 것으로 종을 때려도 소리가 나지 않는다. 저 우뚝 솟은 지리산 천왕봉을 보아라. 하늘에서 비바람 불고 천둥 번개가 쳐도 아무런 일 없다는 듯 오랜 세월을 버티고 있다. 커다란 충격에도 흔들리지 않는 단단한 그런 사람이 되고 싶다는 다짐이다.

호기라고 다 좋은 것은 아니다. 호기롭다고 자신을 과대 포장하고 세상을 얕본다면 호기가 없느니만 못하다. 나이가 들면 눈에 띄는 육신의 쇠락 뿐 아니라 의지도 시들어간다. 그래서 꿈은 갈수록 점점 작아진다. 갈수록 왜소해져서 세상에 길들여진다. 그렇지만 당당한 호기는 세상에서 무엇도 자신을 흔들어댈 수 없게 하고, 세상과 맞서고 변화시킬 커다란 힘이 된다.

시비

옳고 그름은 언제나 상대적인 것

○   무엇이 옳고 무엇이 그른가. 옳고 그르다는 것
도 다 상대적일 수밖에 없다. 그러니 내가 꼭 옳다는
생각만큼 위험한 것도 없다. 다른 사람의 의견을 경
청하고 내가 틀렸을 수도 있다는 가능성을 열어두어
야 한다. 나 자신이 항상 옳다거나 그르다거나 섣불
리 단정해서는 곤란하다. 옳은 것을 옳게 여기고, 그
른 것을 그르게 여겨야 한다. 시비(是非)는 입장과 상
황에 따라 달리 해석될 여지가 있기 때문에 현명하게
판단하기가 쉽지 않다.

옳고 그름 사람이 만든 것이니
옳음 그름 분간키 어려웁다네.
옳다 해도 옳은 것 되지 못하고
그르다 해도 그른 것 되지 못하네.

옳고 그름 바로 이와 같으니
내 어찌 옳고 그름 따지겠는가.

—

是非人所爲 (시비인소위)

難分是與非 (난분시여비)

爲是不爲是 (위시불위시)

爲非不爲非 (위비불위비)

是非正如此 (시비정여차)

吾何爲是非 (오하위시비)

_ 안방준(安邦俊), 「옳고 그름에 대해서(是非吟)」

막상 옳고 그름을 구분하기란 쉽지 않다. 옳다
고 해서 꼭 옳은 것도 아니고 그르다 해도 꼭 그른 것
도 아니다. 옳고 그름에는 이러한 속성이 깔려 있으
니 내가 옳고 그름을 따질 필요가 없다. 시비를 따지
는 일이 때로는 새로운 시비거리를 만드는 일이 되기
도 하기 때문이다.

맹자가 말하기를 마음의 시비는
지로 말미암아 옳고 그름 있다 하였네.

113

참된 옳음 그를 수 없을 것이며
참된 그름 마땅히 그르다 말해야 하네.
가만히 살펴보건대 세상의 옳고 그름은
참된 옳고 그름 있음 드물었다네.
남이 옳다니까 내가 옳다는 것은 잘못이며
남이 그르다니까 내가 그르다는 것도 잘못이네.
이치로 옳고 그름 살펴보아야
이제는 참된 옳고 그름 얻을 수 있네.
—

孟云心是非 (맹운심시비)

由智有是非 (유지유시비)

眞是不可非 (진시불가비)

眞非當云非 (진비당운비)

竊觀世是非 (절관세시비)

鮮有眞是非 (선유진시비)

人是我是非 (인시아시비)

人非我非非 (인비아비비)

以理觀是非 (이리관시비)

方得眞是非 (방득진시비)

_ 정종로(鄭宗魯), 「옳고 그름에 대해서(是非吟)」

114

처음 도입부는 『맹자』, 「공손추 상(公孫丑上)」에 "시비지심(是非之心)은 지(智)의 단서이다(是非之心 智之端也)."라고 한 데서 나온 말이다. 절대적으로 옳은 것도 그른 것도 존재해야 하지만, 실제로는 그렇지 않은 경우가 많았다. 또, 시비의 판단 기준을 남에게 두는 것도 경계해야 한다. 그렇다면 옳고 그름은 어떻게 따져야 할까. 바로 이치를 판단 기준으로 삼아야 한다. 시비에 대한 나름의 견해를 시로 썼다.

참으로 옳은 것 시비하면 옳은 것 글러지니
억지로 세파 따라 시비할 필요 없다.
시비를 문득 잊고 눈 훨씬 높이 두면
옳은 것 옳다하고 그른 것 그르다 하리.

—

是非眞是是還非 (시비진시시환비)

不必隨波强是非 (불필수파강시비)

却忘是非高着眼 (각망시비고착안)

方能是是又非非 (방능시시우비비)

_ 허후(許厚), 「옳고 그름에 대해서(是非吟)」

1구는 두 가지로 해석이 가능하다. 다른 한 가지 해석은 다음과 같다. "옳은 것이 참 옳은 것이 아니고 옳은 것이 그른 것이 될 수 있나니." 여기서는 위의 번역문에 있는 번역을 따른다. 참으로 옳은 것도 시비를 남들과 따지다 보면 그른 것이 되어버리곤 한다. 당시의 분위기에 따라 해석이 달라질 수 있으니 이러쿵저러쿵 시비를 따질 필요가 없다. 시비를 당장 따져서 결판을 내고 싶겠지만, 일단 시비를 따지지 말고 잊으면 그뿐이다. 그러고 나서 저 멀리 고원(高遠)한 데에 지향을 삼으면 언젠가 시비가 명확히 판단될 때가 온다.

세상의 시비 문제는 세 가지로 나눌 수 있다. 자신이 설정한 시비의 기준을 절대적으로 믿는 경우, 가치중립적으로 시비를 판단하는 경우, 시비 자체를 초월한 경우이다. 첫 번째 경우는 아집과 독선일 때가 많고, 세 번째 경우는 종교인이나 가능한 수준으로 일반인들이 따라 할 수 없다. 그러니 우리는 옳고 그름을 현명하게 따질 수 있어야 한다. 그러나 실상은 옳고 그름의 경계가 모호할 때가 많아서 판단하기 쉽지 않다. 그렇다고 둘 다 틀렸다는 양비론(兩非論)이나 둘

다 맞다는 양시론(兩是論)도 적절치 않다. 이 두 가지
는 사실 비겁의 다른 이름일 때가 많기 때문이다.

제호탕

여름 한 철 무탈히 보내길 바라는 마음

○   지금은 모든 것이 풍족한 시절이다. 텔레비전
채널을 넘기다 보면 어렵지 않게 '먹방'을 볼 수 있
다. 넘치는 먹거리 덕에 비만 인구는 늘어가고 다이
어트 열풍이 분다. 내가 어렸을 때를 생각해보면 그
다지 먹거리가 풍족하지 않았다. 예를 들어 지금은
탄산음료가 넘쳐나지만 그때는 학교 앞에서 파는 냉
차나 집에서 타주는 미숫가루 정도가 전부였다.

　　조선 시대에도 '제호탕(醍醐湯)'이란 청량음료
가 있었다. 제호탕은 매실의 껍질을 벗겨 짚불에 그
슬린 오매육(烏梅肉)에 사인(砂仁), 백단향(白檀香), 초
과(草果)로 만든 약재 가루를 꿀에 재워 끓였다가 냉
수에 타서 마시는 음료이다. 『동국세시기(東國歲時記)』
에 "단옷날에 궁중 내의원에서 제호탕을 만들어 진상
하면 임금이 이것을 기로소(耆老所/조선 시대에, 70세가
넘는 정이품 이상의 문관들을 예우하기 위하여 설치한 기구)에
하사한다."고 하였다. 그렇다고 꼭 노인들에게만 하

사한 음식은 아니었다.『영조실록』을 보면 성균관 유
생들에게 수박과 제호탕을 하사했다는 기록이 나온
다(영조 36년 7월 25일). 이렇듯 궁중에서는 임금이 제
호탕을 부채와 함께 신하들에게 하사하곤 하였다.

해마다 더위를 씻어주는 내의의 처방으로
오매와 흰 꿀을 백 번 달여 만든 탕이네.
임금 은혜 공손히 받자 관정(灌頂)* 같으니
오묘한 향기는 좋은 술에 지지 않누나.

—

年年滌暑太醫方 (연년척서태의방)

百煉烏梅白蜜湯 (백련오매백밀탕)

拜賜宮恩如灌頂 (배사궁은여관정)

仙香不讓五雲漿 (선향불양오운장)

_ **최영년**(崔永年), 「**제호탕**(醍醐湯)」

＊ 관정(灌頂): 부처의 가르침을 받는 사람이 지켜야 할 계율에 대해 서약
할 때, 정수리에 물을 붓는 의식을 말한다.

이 시의 제목이기도 한 제호(醍醐)에는 여러 가지 뜻이 있다. 먼저, 우유를 정제하면 나오는 5가지 단계의 제품 중에 가장 좋은 맛을 가진 것을 이른다. 또, 제호상미(醍醐上味)의 준말로 가장 숭고한 부처의 경지를 말한다. 이것으로 볼 때 가장 맛이 좋은 음료수를 의미한다 할 수 있다.

이렇게 보면 제호탕은 지금의 음료수라기보다는 약제에 가까워 보인다. 요즘 음료수는 자극적인 맛에다 중독성이 있다. 갈증을 해소하기에는 안성맞춤이지만, 건강에 별반 도움이 되지 않는다. 반면, 제호탕은 내의원 의관(醫官)이 처방을 했다는 것만 보아도 건강식이란 것을 알 수 있다. 이 시는 1, 2구에서 간단한 제조법을 말하고 3, 4구에서는 임금에 대한 감사를 표했다.

자호박 빛깔 음료를 얼음 항아리에 담아
내의가 받들어서 제호탕을 올리었네.
청량함은 된서리 흩어짐과 필적할 만하니
긴 여름 찌는 더위 정녕 있었던가.
—

紫琥珀光貯氷壺 (자호박광저빙호)

內醫擎進玉醍醐 (내의경진옥제호)

淸涼可敵玄霜散 (청량가적현상산)

長夏蒸炎定有無 (장하증염정유무)

_ 홍석모(洪錫謨), 「제호탕(醍醐湯)」

　제호탕에 얼음을 동동 띄워 먹으면 더 한층 맛
나게 즐길 수 있었다. 내의가 임금에게 바치면 임금
은 대신들에게 하사하였다. 제호탕 한 그릇을 뚝딱
비우고 여름 한 철 무탈하게 지내길 바라는 마음에서
였다. 제호탕은 허영만 화백의 『식객』에 한 편의 에
피소드로 등장하여 요즘 대중들에게도 알려지게 되
었다. 요즘에는 갈증은 달래주더라도 몸에 좋지 않은
음료수는 많이 있지만, 우리 선조들은 몸에도 좋고
갈증도 해결해주는 음료수를 만들어 즐겼다.

냉면

객지에서의 외로움을 위로하다

○   세계적으로 이름난 면 요리는 대개 뜨거운 요리다. 차가운 육수에 말아 먹는 냉면은 한국에만 있는 독특한 식문화라 할 수 있다. 한국의 3대 냉면으로는 평양냉면, 함흥냉면, 진주냉면이 손꼽힌다. 이 중 마니아층을 형성하고 있는 평양냉면은 처음에는 맛이 심심하다. 그러나 먹다 보면 그 낯선 담백함이 매력이라는 것을 알 수 있다. 어느 냉면집에는 '진짜 맛난 것은 반드시 담백하다(대미필담/大味必淡)'라고 쓰여 있다고 한다. 사람이든 음식이든 자극적이지 않고 담담한 것이 진국이다. 지금은 냉면을 계절과 관계없이 언제든 먹을 수 있지만 과거에는 계절 한정 메뉴였다. 시원하고 맛있는 냉면을 옛날에는 어떻게 기록하고 있을까?

툭 터진 높다란 집 너무도 좋았는데
게다가 별미(別味) 맛 새로움에 놀랐다네.
자줏빛 육수는 노을빛처럼 어려 있고
흰 면발은 눈꽃처럼 골고루 배어 있네.
젓가락 들자 입안에서 향기가 감돌고
옷 껴입어야 할 듯 한기가 휘감았네.
이로부터 나그네 시름 풀릴 것이니
고향 갈 꿈 자주 꿀 필요가 없으리라.

—

已喜高齋敞 (이희고재창)

還驚異味新 (환경이미신)

紫漿霞色映 (자장하색영)

玉粉雪花匀 (옥분설화균)

入箸香生齒 (입저향생치)

添衣冷徹身 (첨의랭철신)

客愁從此破 (객수종차파)

歸夢不須頻 (귀몽불수빈)

_ 장유(張維), 「자줏빛 육수 냉면(紫漿冷麵)」

장유의 시는 대략 400년 전 기록으로 냉면에

대한 첫 번째 문헌 자료이다. 『규합총서(閨閤叢書)』를 비롯한 조선 후기 문헌에 국수를 오미자국에 말아 먹는다는 대목이 나오는 것으로 보아, 자줏빛 육수는 통상적으로 오미자를 우려낸 국물로 해석한다. 위의 시 속에서 언급된 음식이 오늘날의 냉면과 비교해서 얼마나 유사한지는 분명치 않다. 하지만 그때도 달큰하고 새콤한 찬 국물에 국수를 말아 먹는 냉면 맛은 좋았던 것 같다. 오죽하면 이 냉면 한 그릇이 고향을 그리워하는 향수(鄕愁)를 달래준다고 표현했을까.

> 황해도에 시월 들어 한 자 남짓 눈 쌓이면
> 겹휘장과 폭신한 담요로 손님을 잡아두곤
> 삿갓 모양 솥뚜껑에 노루고기 익어가고
> 냉면 뽑아 배추김치 곁들여 내놓겠지.
> —
> 西關十月雪盈尺 (서관십월설영척)
> 複帳軟氊留欸客 (복장연구류애객)
> 笠樣溫銚鹿臠紅 (입양온요록련홍)
> 拉條冷麪菘菹碧 (납조랭면숭저벽)
> _ 정약용(丁若鏞), 「장난삼아 서흥 도호부사 임군 성운에게 주다

(戲贈瑞興都護林君性運) 그때 수안 군수와 함께 해주(海州)에 와서 고시관(考試官)을 하고 돌아갔다(時與遂安守同至州考省試回)」

다산이 젊은 시절 벗인 임성운(林性運)에게 준 시다. 냉면을 먹는 정경을 그린 시로 매우 운치가 있다. 눈은 펑펑 내리고 방 안은 따스하다. 이런 날은 친구와 함께 맛난 음식을 먹기에 제격이다. 화로에 솥뚜껑을 올려놓고 고기를 구워 먹는 일을 난로회(煖爐會), 혹은 철립위(鐵笠圍)라 불렀다. 보통은 쇠고기나 노루고기를 먹었는데, 이 시에서는 노루고기에 냉면을 함께 먹고 있다. 고기에다 냉면을 곁들여 먹는 것은 지금도 볼 수 있는 익숙한 풍경이다.

누가 메밀국수를 솜씨 있게 가늘게 뽑아내
후추와 잣, 소금, 매실 색색으로 얹었는가.
큰 사발에 담아 넣자 펑퍼짐하게 오므라드는데
젓가락 잡고 보니 집는 대로 올라오네.
맛보니 뱃속까지 유달리 식욕 당겼는데
오래 씹다 수염에 좀 묻는들 무엇이 대수랴.
게다가 세밑에 찬 등불 아래 먹으니

기이한 맛과 향기까지 갑절이나 더하누나.

—

誰翻佛飥巧抽纖 (수번불탁교추섬)

椒栢塩梅色色兼 (초백염매색색겸)

着入大椀盤縮緖 (착입대완반축서)

夾持雙箸動隨拈 (협지쌍저동수념)

試嘗便覺偏醒胃 (시상변각편성위)

長啜何嫌薄汚髥 (장철하혐박오염)

況玆歲暮寒燈夜 (황자세모한등야)

異味奇香一倍添 (이미기향일배첨)

_ 오횡묵(吳宖默), 「관아 주방에서 냉면을 내왔기에 자리에 함께
한 사람들과 품평을 하다(冷麵自官廚至 與一座評品)」

오횡묵(1834~1906)은 자인(慈仁/경상북도 경산지
역의 옛 지명)에 부임한 1888년 9월부터 고성부사(固城
府使)에서 체직(遞職/관직에서 물러나게 하는 것)된 1894
년 8월까지 6년 동안 영남 지역에 수령으로 있었다.
그는 50년 이상을 서울에서 살았기 때문에 경상도 음
식이 영 입에 맞지 않았다. 그래서 그는 관아 주방에
서 냉면이 나오는 날에는 매우 기뻐하였다.[09] 이 시의

전반부를 보면 냉면의 모습을 잘 묘사하고 있다. 냉면이 식욕을 돋우니 수염에 묻혀가며 먹는다고 한들 상관이 없다. 한 해가 저물어 가는 추운 밤, 등불 아래에서 냉면을 먹으니 평소 먹던 냉면보다도 한결 맛난 것 같다. 이렇게 냉면은 누군가에게는 객지에서의 고단한 생활을 위로해주는 음식이었다.

만월대

세상천지에 영원한 것은 없다

○   만월대(滿月臺)는 개성시(開城市) 송악산(松嶽山) 기슭에 있는 고려의 옛 궁궐터다. 동서 445m, 남북 150m 정도의 대지에 위치해 있었다. 1362년, 홍건적의 침입에 폐허로 변하게 된다. 고도(古都)의 옛 궁궐터는 영화(榮華)와 영락(零落)의 차이만큼이나 비감에 젖게 만든다. 조선 시대 수많은 시인이 이곳을 방문하고 노래했다. 그들은 만월대를 어떻게 기억하고 있었을까?

> 귀리 심은 저 밭은 뉘 집 것인가
> 밭 가운데 주춧돌 남아 있구나.
> 고려왕이 춤추고 노래할 때도
> 밝은 달 이 저녁과 같았으리라.
> ─

燕麥誰家田 (연맥수가전)

田中堦礎石 (전중계초석)

麗王歌舞時 (여왕가무시)

明月如今夕 (명월여금석)

_ **이양연**(李亮淵), 「**만월대**(滿月臺)」

　　한 개인의 무너진 옛집터도 서글프다. 그러니
망국의 궁궐터야 말할 것도 없다. 휘영청 달이 뜬 밤
에 만월대를 찾았다. 궁궐터는 귀리밭으로 바뀌었고
주춧돌만이 옛 궁궐이 있었음을 말해준다. 시인은 무
너진 터에서 온전한 궁궐을 떠올리고 거기에 살았을
사람들을 되살려낸다. 그 옛날 이렇게 좋은 달밤에
고려왕이 흥에 겨워 춤을 추고 있었을지도 모를 일이
다. 개인의 삶이든 왕조의 역사든 모든 것이 흔적도
없이 사라진다. 이 땅에 영원한 것은 아무것도 없다.

　　숭양의 남은 달빛 황량한 대 비추는데
　　왕 씨의 산하에는 어떤 객 찾아왔네.
　　돌 섬돌 절반쯤은 시든 풀에 덮여 있고
　　다 무너진 토성에는 까마귀 돌아오네.

전 왕조 꿈과 같고 물은 절로 흐르는데
폐원엔 무정하게 꽃 절로 피었구나.
천수문 앞에는 벼슬아치 흩어졌으니
남은 터 부질없이 뒷사람 슬프게 하네.
—

崧陽殘月照荒臺 (숭양잔월조황대)

王氏山河有客來 (왕씨산하유객래)

石砌半欹衰草沒 (석체반의쇠초몰)

土城全缺暮鴉回 (토성전결모아회)

前朝如夢水仍去 (전조여몽수잉거)

廢苑無情花自開 (폐원무정화자개)

天壽門前冠冕散 (천수문전관면산)

遺墟空作後人哀 (유허공작후인애)

_ **이좌훈**(李佐薰), **「만월대(滿月臺)」**

이 시에서는 잔월(殘月), 쇠초(衰草), 모아(暮鴉)
등 쓸쓸하고 쇠락한 이미지의 시어들이 등장하고 있
다. 그는 역사의 무상함 속에서 인간 삶의 허망함을
읽는다. 옛날과 지금, 번영과 쇠락, 현존과 부재의 대
비를 통해 허무감은 극대화된다. 5, 6구의 전조(前朝)

와 물(水), 폐원(廢苑)과 꽃(花)의 대비는 역사의 무상함에 대한 자연의 영원성을 상대적으로 부각시켰다. 천수문(天壽門)은 개성 동쪽 천수사(天壽寺)의 남문으로 고려왕조 오백 년간에 손님을 맞이하고 보내던 곳이다. 『동국여지지(東國輿地志)*』에는 최립의 「사람을 기다리며(待人)」를 예로 들면서 천수문의 위치가 어디인지 알 수가 없다는 내용이 기록되어 있다. 어쨌든 당시에는 관리들로 흥성거렸지만, 지금은 버려진 궁궐만이 남아 있었다.

교목 깃든 까마귀에 석양이 비치는데
버려진 성 마을에는 유민들 살고 있네.
반파된 거친 누대 사슴들 찾아오고
오래된 주춧돌에 봉황 기린 훼손됐네.
세상 꽉 찬 온갖 사람 모두 다 세상 떠나
역대 조정 치란들을 물을 길 하나 없네.
아득해라, 200년 전의 일이여

* 『동국여지지(東國輿地志)』: 1656년 실학자 유형원이 편찬한 우리나라 최초의 사찬 전국지리지.

들판의 풀과 꽃은 또 다시 새봄 맞네.

—

喬木棲鴉帶夕曛 (교목서아대석훈)

廢城閭落是遺民 (폐성려락시유민)

荒臺半毁來麋鹿 (황대반훼래미록)

故礎猶存缺鳳麟 (고초유존결봉린)

滿世賢愚同就盡 (만세현우동취진)

廿朝治亂問無因 (입조치란문무인)

蒼茫二百年前事 (창망이백년전사)

野草閑花又一春 (야초한화우일춘)

_ 양경우(梁慶遇), 「만월대에서 회고하다(滿月臺懷古)」

만월대 근처에는 망국의 백성들이 살고 있었
다. 누대는 사슴들의 차지가 되었고, 주춧돌은 무너
져서 새겨져 있던 봉황과 기린들의 모습이 훼손되었
다. 사람들은 잘난 이나 못난 이나 모두 다 세상을 떠
나버려서 옛 왕조의 이야기는 물을 곳이 없게 됐다.
건물도 사람도 모두 다 사라져버렸다. 이 시를 쓴 당
시는 고려가 망한 지 200년의 세월이 지나간 시점이
다. 봄이 찾아오니 풀과 꽃은 새롭게 피어난다. 시는

황폐한 만월대에서 새로운 희망을 이야기하는 것으로 끝맺었다.

궁궐은 왕조의 기억을 가장 선명하게 떠올리게 하는 공간이다. 만월대는 모든 것이 사라져버리고 궁궐터만 남아 있었다. 그곳은 한 왕조의 무수한 이야기를 간직한 채 버려졌다. 찬란한 왕조도 화려한 건물도 세월 속에 모두 사라져버리는 운명이 된다. 거기서 필연적으로 떠올리게 되는 건 초라한 개인의 삶이다. 결국 역사의 비애는 개인의 허무로 환원된다. 모든 것은 사라져버리고 나 또한 사라진다. 그러니 한 번뿐인 삶을 헛된 욕심으로만 채울 수는 없고 가치 있는 어떤 것을 찾기 위해 노력해야 한다.

송년

한 해 끝에 지난날을 되돌아보다

○   제야(除夜)는 섣달그믐을 가리키는데 다른 말로
는 제석(除夕), 제일(除日), 수세(守歲)라고 불렀다. 이
날에 잠을 자면 눈썹이 센다고 하여 함께 모여 잠을
자지 않고 밤을 지새우며 새해를 맞이했다. 이것은
도교의 수경신(守庚申)이라는 풍속과 관련이 있다. 60
일에 한 번씩 돌아오는 경신일이 되면, 형체 없이 사
람의 몸에 기생하고 있던 삼시(三尸) 또는 삼시충(三
尸蟲)이 사람이 잠든 사이에 몸 밖으로 빠져나가 상제
(上帝)에게 그동안의 죄과를 낱낱이 고해바쳐 수명을
단축시킨다. 그래서 밤에 자지 않고 삼시가 상제에게
고해바치지 못하도록 하여 천수를 다하려는 것이다.

외로운 촛불 추운 집에 새벽까지 앉아서는
남은 해 보내자니 은근히 서운하네.

강남* 땅서 나그네 신세로 지낼 때에
저물녘 정자에서 고운 임 보내는 듯.

—

寒齋孤燭坐侵晨 (한재고촉좌침신)

饌罷殘年暗損神 (찬파잔년암손신)

恰似江南爲客日 (흡사강남위객일)

夕陽亭畔送佳人 (석양정반송가인)

_ **손필대(孫必大),「섣달그믐 날(守歲)**」

　친구들을 만나서 송년회를 하며 왁자지껄 보낼
때도 있었다. 그러나 올해는 혼자서 조용히 지내려
한다. 촛불 한 자루를 친구 삼아 새벽까지 앉아 있었
다. 올해를 보내는 심정이 꼭 타국에서 저물녘에 애
인과 헤어지는 것만 같다. 이제 다 끝났다고 생각하
니 후련하면서 왠지 미련이 남는다.
　이렇듯 손필대(1559~?)의 시 속에는 미련과 아

＊　　강남(江南): 중국 양쯔 강 이남의 지역을 뜻함.

＊＊ 섣달그믐 밤에 민가에서는 집집마다 다락, 마루, 방, 부엌에 모두 기름
등잔을 켜놓는다. 등잔은 흰 사기 접시에 실을 여러 겹 꼬아 심지를 만든
것이다. 이것을 외양간과 변소까지 대낮같이 환하게 켜 놓고 밤새도록 자
지 않는데, 이를 '수세(守歲)'라 한다.

쉬움의 정서가 가득하다. 한 해의 마지막 날에 느낀 시원섭섭하고 미묘한 감정이 세심하게 잘 표현되어 있다. 지난해는 다시 돌이킬 수 없고, 돌아갈 수 없어서 더욱 애틋하다. 그러나 지난해가 가고 새해가 와서 좋은 것도 있다. 힘든 기억은 털어버릴 수 있어서 좋고, 즐거웠던 기억은 추억으로 계속 남길 수 있어 좋다. 새해는 어떠한 한 해가 될까? 아쉬움으로 지난해를 보내고 설렘으로 새해를 맞이해본다.

작년에도 여전히 그런 사람
올해에도 여전히 그런 사람.
내일이면 새해가 시작되나니
해마다 같은 사람 되지 말기를.
—

去年猶是人 (거년유시인)
今年猶是人 (금년유시인)
明年是明日 (명년시명일)
莫作每年身 (막작매년신)
_ 이식(李植), 「제야(除夜)」

정말 부끄러운 건, 어제 '그렇게' 살았던 자신이 아니라 오늘도 그렇게 살고 있는 자신이다. 더 이상 똑같이 살 수는 없다. 작년에 그렇게 살았다고 올해도 그렇게 살 수는 없다. 살아왔던 것처럼 그렇게 계속 살아간다면, 살아 있지 않은 것과 무엇이 다를 것인가? 오늘과 내일이 다른 사람, 올해와 내년이 다른 사람이 되고 싶다. 타성과 반복이 아니라 갱신과 탄생을 꿈꾼다. 시인은 매년 다시 태어나겠다고 다짐해본다. 이 시에서 말하고 있는 부끄러움에 대한 성찰은 작가 이식(1584~1647)이 가진 삶의 태도를 잘 보여주고 있다.

묵은해는 지금 이제 어디로 가버렸나
이쯤에서 새해를 기약해야 하겠네.
세월이 빠른 건 나와는 무관하지만
흰 머리털 생기는 게 최고로 얄밉구나.

—

舊歲今從何處去 (구세금종하처거)

新年似向此中期 (신년사향차중기)

流光袞袞非關我 (유광곤곤비관아)

最是生憎入鬢髭 (최시생증입빈자)

_ 이산해(李山海), 「섣달그믐 날(守歲)」

곧 지난해가 될 올해에 한 일을 생각해보니 별반 떠오르는 게 없다. 그렇게 허망하게 한 해가 가버렸다. 새해는 또 다른 해와 마찬가지겠지만 다시금 기대해본다. 해놓은 것도 없이 나이만 속절없이 먹었다. 빠른 세월은 흰머리로 경고등을 켠다. 지난해는 이렇게 세월의 흔적만을 머리에 남겨놓고 아쉽게 사라진다.

한 해의 마지막 날에는 새해의 설렘보다 지난해에 대해 아쉬움이 컸다. 지난해는 늘 반성의 대상이었다. 윤기는 「설날 새벽(元曉 乙巳)」에서 "사랑하는 임과 작별하여 떠나가는 듯 여울의 빠른 물살 보는 듯하네(似送情人別 如觀逝水湍)"라 했다. 섣달그믐에 세월의 빠른 흐름을 탄식했고 늙음에 대한 아쉬움을 말했으며 지난 세월을 반성했다. 한 해의 마지막 날에 우리는 인생의 마지막 날을 미리 느끼게 된다. 그래서 지난날 관성으로 살았던 시간들을 반성하게 되고, 새로운 한 해는 지난날의 실수를 되풀이하지 않으려 다짐한다.

달력

새로운 한 해를 살아갈 다짐

○   동짓날이면 관상감(觀象監/조선 시대에 천문, 지리, 역수, 측후, 물시계 등의 사무를 맡아보던 관청)에서 새해 책력(冊曆)을 제작했다. 책력은 일 년 동안의 월일, 해와 달의 운행, 월식과 일식, 절기, 특별한 기상 변동 등을 날의 순서에 따라 적은 책으로, 오늘날의 달력과 같은 역할을 했다. 농사나 택일 등에 필요한 내용이 두루 기록되어 있었다. 새해가 되면 왕이 신하들에게 이 책력을 나누어주었고, 신하들도 주변 사람들에게 책력을 선물로 보내곤 했다.

새해를 맞이하는 모습은 예나 지금이나 크게 다르지 않았다. 그렇게 받은 새 달력의 첫 장을 펼칠 때면, 지나간 한 해의 아쉬움과 새로운 한 해의 설렘이 교차해 머릿속이 복잡해지기 마련이다. 새해맞이 풍경이 지금과 꼭 닮아 있는, 과거의 사람들은 새 달력에 무엇을 적었을까?

나이가 마흔 돼도 이미 많다 말하는데
오늘 한 살 더 먹으니 또 마음 어떻겠나.
이제부터 우물대다 쉰 되게 생겼으니
가련타 거센 물살 머물게 할 계책 없음이.

—

行年四十已云多 (행년사십이운다)

加一今朝又若何 (가일금조우약하)

從此逡巡爲半百 (종차준순위반백)

可憐無計駐頹波 (가련무계주퇴파)

_ 이정형(李廷馨), 「기축년 새 달력에 쓰다(題己丑新曆)」

　　이 시는 조선 중기 학자이자 문신이었던 이정
형(1549~1607)이 마흔한 살의 나이에 쓴 것이다. 갓
마흔이 되었을 때도 적지 않은 나이라 생각했는데,
마흔한 살이 되니 이제 정말 마흔 줄에 접어들었다는
것이 실감 난다는 내용을 담고 있다. 그는 이런 속도
로 나이를 먹었다가는 쉰 살도 금세 될 것 같다며, 세
월을 멈출 수 있는 방법은 없으니 작년과 다르게 새
롭게 살아보겠다는 굳은 다짐을 한다. 이정형은 최소
34세 때부터 해마다 책력에 시를 썼고, 그의 문집에

는 이런 시가 11수 남아 있다.

1606년 동지 무렵 이정형은 「정미년 새 달력에 쓰다(題丁未新曆)」라는 시를 남겼다. 그가 달력에 남긴 마지막 시였다. "눈 어둡고 귀는 먹어 흰머리 희끗희끗, 쉰에도 늙었는데 하물며 예순이랴. 혈기가 쇠했으면 물욕을 경계하라는 공자 유훈 다시금 띠에다 적어보네(眼暗耳聾白髮新 五旬已老況六旬 血氣旣衰戒之得 聖師遺訓更書紳)." 이 시의 구절 중 '공자 유훈'은 『논어(論語)』에 등장하는 '군자가 경계할 세 가지'를 뜻한다. 공자는 특히 노년에 혈기가 쇠약해지므로 탐욕을 경계해야 한다고 했다. 당시 이정형은 예순을 목전에 두고 있었고, 이 시를 쓴 이듬해에 세상을 떠났다. 그는 중년 때나 노년 때나 나이 들어가는 것에 대해 깊이 자각하고 반성했다.

치아가 쏙 빠지고 머리털도 벗어지고
세상 나와 어느새 오십이 넘었도다.
모르겠네. 내년 일 년 삼백육십 일 동안에
이 몸의 길흉이 또 어찌 될는지를
—

齒牙零落鬢毛踈 (치아령락빈모소)

生世居然五十餘 (생세거연오십여)

不識明年三百日 (불식명년삼백일)

此身休咎又何如 (차신휴구우하여)

_ 신흠(申欽), 「새 달력 뒤에다 쓰다(書新曆後)」

용모의 변화는 나이 듦의 가장 확실한 증후이다. 쉰 살은 초로(初老)의 나이여서 변화를 실감하게 된다. 내년에는 어떤 삶이 기다리고 있을까? 그는 예상할 수도 없고 예상대로 진행되지도 않는 삶에서 반성과 다짐 대신 걱정에 몸을 슬쩍 기댔다. 나이가 들수록 삶은 알 수 없는 것 투성이라는 것을 자각했다. 또한 해가 무탈하게 지나가길 언외(言外)에 담았다. 인간은 노년으로 용모는 쇠하여 절반쯤 평등해지고, 죽음으로 모든 것을 내려놓게 되어 완벽히 평등해진다.

날씨도 사람 일도 종잡을 수 없어서는
앓고 난 뒤 새 달력을 어이 차마 보겠는가.
모르겠네 올 한 해 많고 많은 날 속에
비바람 몇 번 치고 기쁨 슬픔 몇 번일까.

—

天時人事太無端 (천시인사태무단)

新曆那堪病後看 (신력나감병후간)

不識今年三百日 (불식금년삼백일)

幾番風雨幾悲歡 (기번풍우기비환)

_ **강극성**(姜克誠), 「**새 달력에 쓰다**(題新曆)」

장마철의 날씨처럼 사람의 일을 예측하기란 쉽
지 않다. 특히나 큰 병을 앓을 때는 다음 해를 기약하
기도 어렵다. 이 시를 쓴 강극성(1526~1576) 역시 마
찬가지였다. 겨우 몸을 추스르고 새 달력을 받으니,
여간 생각이 복잡한 게 아니었을 것이다. 앞으로 다
가올 한 해에는 어떤 날들이 있을 것이고 어떤 감정
속에서 살아가게 될까? 그는 한 치 앞도 알 수 없는
미래에 대한 불안과 설레는 마음을 시에 담았다.

아무것도 적혀 있지 않은 새 달력을 받으면 여
러 생각이 든다. 대개는 이번 해도 지난해의 재탕일
것이라는 불길한 예감이 들지만, 그래도 새 달력을
마주했을 때 가장 먼저 드는 감정은 설렘이다. 이어
서 지난해에 대한 반성도 하고, 한 살 더 먹은 내 나이

를 따져보면서 속절없이 흘러가는 세월을 다시 한번 확인하기도 한다. 달력에 관한 생각의 끝에는 언제나 미래에 펼칠 다짐이 있다. 그렇게 우리는 마음을 굳게 가다듬어 새로운 한 해를 살아갈 준비를 한다.

백발

지상에서 남은 시간을 알려주는 알람

○   흰머리는 노년의 가장 뚜렷한 증후다. 나이가 들어 흰머리가 나면 처음에는 낯설지만 점차 익숙해지고 세월의 무게를 절감하게 된다. 이 시기가 되면 자연스럽게 노년과 죽음을 예감하고, 지나가버린 청춘을 떠올려보기도 한다. 사실 흰머리는 노화의 과정에서 자연스러운 현상이지만 노화의 상징을 드러내고 싶어하는 사람은 그리 많지 않을 것 같다. 그래서 보통은 보일 때마다 뽑기도 하고, 때마다 염색을 한다. 그런데 최근 흰머리를 그대로 유지하는 '고잉 그레이(Going Grey)'를 택하는 이들이 많아지고 있다고 한다. 한쪽에서는 흰머리를 유지하려는 이들이, 다른 한쪽에서는 흰머리를 감추려는 노력들이 있다. 과연 흰머리는 젊음의 상실을 보여주는 증표일까? 아니면 노년의 지혜를 보여주는 상징일까?

흰머리 미워하나 난 되레 사랑하니

오래 보면 잠시 머무는 신선과 다름없네.

돌아보매 그 몇이나 이때까지 살았던가.

젊은데도 다투어서 북망산천 가버린 것을.

—

人憎髮白我還憐 (인증발백아환련)

久視猶成小住仙 (구시유성소주선)

回首幾人能到此 (회수기인능도차)

黑頭爭去北邙阡 (흑두쟁거북망천)

_ 장지완(張之琬), 「흰머리를 자조하며(白髮自嘲)」

　　사람들은 흰머리를 못마땅하게 생각하지만 이
시의 화자는 오히려 흰머리가 사랑스럽기만 하다. 흰
머리가 수북하게 머리를 차지해서 지상선(地上仙)처럼
보이게 만들어주니 말이다. 흰머리 노인으로 세상에
아직껏 살아 있는 일도 흔치 않다. 사고나 질병 등으
로 제명을 못 누리고 젊디젊은 나이에 세상을 뜬 사
람들도 많기 때문이다. 그렇다면 흰머리가 퇴락을 의
미하는 슬픈 표지가 아니라, 장수(長壽)를 의미하는
자랑스러운 증거가 된다.

한 가닥 두 가닥 흰머리 많아지더니
순식간에 서른 개 마흔 개 넘었다네.
장부 마음 푸른 하늘 위에다 두고 있어
밤마다 경서보다 늙어짐 어이하랴.

——

一莖二莖白髮多 (일경이경백발다)

三十四十須臾過 (삼십사십수유과)

丈夫心事靑冥上 (장부심사청명상)

夜對遺經奈老何 (야대유경내로하)

_ **이익**(李瀷), 「**흰머리**(白髮)」

처음에 흰머리가 한 올 두 올 눈에 띄더니 순
식간에 많이 자리 잡았다. 사내대장부는 고원한 것을
지향해서 밤마다 성인이 남기신 경전에 푹 빠져 살고
있다. 그렇게 세월은 흐르고 나이를 먹는다. 흰머리
가 많아지는 것에 대한 아쉬움을 가지기보다 주어진
삶에 순명을 택했다.

어린 딸은 흰머리가 많은 게 안됐는지
보는 대로 뽑아주나 금세 또 다시 나네.

시름 속에 늙는 일을 막지 못함 잘 알지만
거울 속 흰머리에 놀라는 일 면하누나.
성글어진 내 머리털 누가 이리 만들었나
점점 더 빠져서는 어찌할 도리 없네.
검은 머리 뽑지 말라 할 때마다 당부하지만
공연스레 늙은이 될까 봐서 두렵다네.

—

幼女憐吾白髮多 (유녀련오백발다)

纔看鑷去忽生俄 (재간섭거홀생아)

極知無益愁中老 (극지무익수중로)

且免斗驚鏡裏皤 (차면두경경리파)

種種始緣誰所使 (종종시연수소사)

駸駸漸至末如何 (침침점지말여하)

鋤根每戒傷嘉穀 (서근매계상가곡)

猶恐公然作一婆 (유공공연작일파)

_ 윤기(尹愭), 「어린 딸아이가 내 흰머리를 족집게로 뽑아주므로
생각나는 대로 읊다(幼女鑷白髮謾吟)」

이 시는 1787년 윤기의 나이 47세, 겨울에 지
은 것이다. 나이 어린 딸은 아빠의 흰머리가 마음이

쓰인다. 흰머리가 보이면 어디선가 족집게를 들고 와서 머리를 뽑아준다 야단이다. 그러나 아무리 뽑아봐도 흰머리는 자꾸만 새로 자라났다. 어차피 늙어가는 일 자체가 시름이라 흰머리를 뽑아도 소용없다는 걸 알지만, 거울 속 자신의 흰머리를 보고 놀라는 것을 잠시 면할 수 있음에 위안을 삼는다. 딸아이가 흰머리를 뽑는답시고 멀쩡한 검은 머리까지 뽑아서 이제 머리털이 성한 것도 별로 없다. 흰머리 걱정에다 대머리 걱정까지 더한 셈이다. 흰머리 몇 가닥 없애려다 폭삭 늙은 대머리 노인이 될까 걱정되는 마음이 마지막 구절에 나타나 있다. 딸아이의 어설픈 실수를 통해 노년의 서글픔을 유쾌하게 풀어냈다.

세월은 재빨리 흘러간다. 이익은 "삼십 년 후에는 너희가 바로 나이고, 삼십 년 전에는 내가 바로 너희였네(三十年後爾是我 三十年前我是爾)."라고 했다. 늙음을 탄식해봐야 이미 지나가버린 청춘의 시간들을 되돌려놓을 방법은 없다. 결국 우리가 기억해야 할 것은, 삶은 너무도 짧고 우리의 매일매일은 죽음을 향해 가는 과정이라는 사실이다. 이런 관점에서 흰머리는 내게 지상에서의 남은 시간들을 수시로 알려주는 훌륭한 알람이다.

2장

옛이야기에서
오늘의 지혜를 얻다

하제시

실패로부터 더 많이 배우는 법

○   조선 시대에 관리를 등용하는 제도였던 과거
(科擧)에서 소과(小科)는 생원과 진사를 뽑는 시험이었
다. 초시와 복시의 두 단계가 있었는데 이를 모두 합
격한 사람만이 대과(大科)에 응시할 수 있었다. 소과
합격자의 평균 연령은 34.5세이고, 대과 합격자의 평
균 연령은 37~38세였다. 마흔 줄에 합격한 사람도 적
지 않았고, 85세에 합격한 사람도 있었다고 한다. 유
명한 이들도 몇 번씩 과거 시험에서 낙방을 경험했
다. 이황은 소과에 세 번이나 낙방을 했고, 이항복은
진사시에 떨어져 성균관에 입학하지 못했으며, 정약
용도 대과에 네 번이나 낙방을 했다.

　　　　낙방한 이에게는 더 큰 시련이 기다리고 있었
다. 시험 실패 후 자신의 감정만 추스르면 되는 것이
아니라, 가족들의 낙담도 함께 견뎌내야 했기 때문이
었다. 낙방은 문신처럼 선명했고 급제는 전설처럼 아
스라했다. 그들은 낙방의 아픔을 어떻게 이겨냈을까?

과거 본 이 안 오고 해 이미 저무는데
온 집안 종놈들은 얼굴빛 서글프네.
해마다 과거 시험 반찬으로 다 소비해
다시는 창 앞에 새벽 닭 울음 들리잖네.

—

館者不來日已西 (관자불래일이서)

渾家僮僕色悽悽 (혼가동복색처처)

年年費盡場中饌 (연년비진장중찬)

無復窓前聽曉鷄 (무부창전청효계)

_ 이항복, 「무제」

　　이항복(1556~1618)의 작품으로 알려져 있지만
이수광의 저서 『지봉유설』에만 실려 있고[10] 이항복의
문집에는 나오지 않는다. 시를 보면, 과거를 치른 사
람이 집에 돌아올 시간이 훌쩍 지나버린 것을 알 수
있다. 낙방을 하고 차마 가족들 볼 면목이 없어서 저
녁까지 모습을 드러내지 못했던 것이다. 하인들도 눈
치가 빨라서 다 어두운 표정을 짓고 있다. 시로 미루
어 보아 과거 시험장에 가는 사람에게 닭으로 만든
반찬을 싸주는 풍습이 있었던 모양이다. 여러 번 과

거 시험을 치르느라 시험장에 갈 때마다 온 집의 닭을 잡아먹어 닭의 씨가 말라서, 새벽에 홰를 칠 닭도 사라져버리고 말았다. 실패에 대한 자조적인 토로가 인상적이다.

실의하고 고향에 돌아와 보니
무슨 낯으로 늙으신 부모님께 절을 하랴.
구슬프게 찬 날씨 저물어갈 때
옛날 용진나루를 혼자 건너네.
—
失意歸鄕里 (실의귀향리)
何顔拜老親 (하안배로친)
蕭蕭寒日暮 (소소한일모)
獨渡古龍津 (독도고용진)
_ 조문수(曺文秀), 「낙방하고 고향에 돌아오다(落第還鄕)」

낙방을 하고 고향에 돌아오는 길에 제일 먼저 부모님 얼굴이 떠오른다. 무슨 면목으로 부모님을 뵐까. 게다가 저물녘에 날씨조차 차가우니 서글프고 울적하기 한량없다. 하제시(下第時) 중에 나루터를 배경으로 한 것이 많다. 나루터는 고향으로 가는 배를 타는 곳이다. 고향으로 갈 설렘은 고사하고 고향에 돌아갈 엄두가 나지 않는다. 고향에 도착하는 순간 개인의 아픔은 가족의 아픔으로 뒤바뀌기 때문이다. 용진나루에 혼자 서 있는 모습이 한 장의 사진처럼 처량하다.

보배로운 거울 갈아온 것이 사십 년인데
그 빛이 멀찍이 중천의 해를 비추었네.
과장에서 값 기다려도 알아주는 이 없었으니
용강에 돌아가서 벽 위에 걸어두리.

—

寶鏡磨來四十年 (보경마래사십년)

光輝逈照日中天 (광휘형조일중천)

三場待價無人識 (삼장대가무인식)

歸去龍岡壁上懸 (귀거용강벽상현)

_ **이희석**(李熙奭), 「**낙제를 하고 회포를 쓴다**(下第懷述 丁巳)」

이희석(1820~1883)이 38세 때 쓴 시이다. 과거에 합격할 실력은 충분했지만, 남에게 과거 시험 때문에 청탁하는 것을 꺼려서 번번이 낙방했다.[11] 1구에서 자신을 '보경(寶鏡/보배롭고 귀중한 거울)'이라 표현해서 자부심을 드러냈다. 그러나 과거 합격이란 명예는 끝내 자신의 편이 아니었다. 4구에서 자신의 집인 용강에 돌아가서 보경을 벽에 걸어두겠다고 함으로써 과거 포기를 암시하고 있다. 이 시는 폐과(廢科), 곧 과거 시험을 포기할 때의 감회를 적었다. 어려운 결정이었지만 자탄이나 후회가 전혀 없는 것이 인상적이다.

　　때로는 실패가 성공보다 더 많은 것을 가르쳐줄 때가 있다. 자신의 부족한 점을 다시 점검하게 되고, 실패에도 외면치 않는 가족의 사랑을 깊이 깨달아 더욱 분발하게 되며, 세상에서 자신이 얼마나 변변찮은 존재인가를 다시금 알게 되어 겸손해진다. 그렇다고 실패가 몸에 잘 맞는 옷처럼 익숙해지는 것도 곤란하다. 실패는 몇 번이면 충분하다. 보상처럼 성공이 찾아올 때 그동안의 실패는 실패가 아닌 것이 되지만, 실패가 계속되면 실패는 고통스런 도돌이표가 되기 때문이다.

에로틱 한시

모든 것을 이기는 사랑을 기록하다

○　　사람들은 흔히 옛사람들이 보수적인 성 관념을 가졌을 것이라 생각한다. 하지만 감추어진 성과 드러난 성의 차이는 적지 않았다. 조선 후기에는 글과 그림 등 여러 장르에서 성애(性愛)에 관한 묘사가 한층 과감해진다. 한시는 이러한 시류에 편승하지 않다가, 18세기에 들어서면서 서서히 변모한다. 이 시기의 자료를 보면 한시에도 성에 관한 노골적인 표현들이 등장하고 있다. 성을 솔직하게 표현한 작품은 무엇이 있으며, 어떤 방식으로 성을 표현할까?

바스락대며 낭군 옷을 입는데
닭은 목청 찢어져라 울어대누나.
떠날 때에 내 배를 문지르면서
"임신했는가?" 넌지시 물어보누나.

—

索索郎被衣 (삭삭랑피의)

鷄鳴嗔不休 (계명진불휴)

去時摩儂腹 (거시마농복)

暗問懷子不 (암문회자불)

바늘 갖고 손가락 잘못 찌른 뒤

바늘을 분지르고 문 기대섰네.

팔뚝까지 소매를 걷지 못하니

함께 맹서하며 깨문 흔적 있어서이지.

—

捻針誤刺指 (염침오자지)

折針斜倚門 (절침사의문)

揎手不及腕 (선수불급완)

同盟有嚙痕 (동맹유설흔)

_ **노긍(盧兢), 「자야곡(子夜曲)」**

    첫 번째 시의 내용을 보면 두 남녀가 밤새 격정
의 시간을 보냈다는 것을 알 수 있다. 새벽녘에 남자
가 먼저 집에 돌아가는 것으로 보아 두 사람이 부부

사이는 아닌 것으로 보인다. 남자는 떠날 때 여자의 배를 어루만지며 혹시 애가 들어선 것은 아닌지 물어본다. 임신 여부를 묻는 것이 어떤 의미인지 분명치 않다. 아이를 기다리는 것일까? 아이가 생겼을까 겁이 난 걸까? 아마도 후자였을 것이다. 두 번째 시는 두 사람의 유별난 맹세 흔적을 다루고 있다. 여자는 남자를 기다리며 바느질로 소일했지만, 정작 바느질에 집중이 안 되어 바늘에 손가락을 찔렸다. 여자는 바느질을 아예 접어두고 문에 기대 야속한 남자를 기다린다. 서로 상대의 팔뚝을 이로 깨물어서 쉽게 아물지 않는 자국을 내어 사랑의 증표로 삼았다. 그러나 이 증표는 소매를 걷어 남에게 떳떳하게 드러낼 수 없는 은밀한 약속이었다.

(11월)
오늘은 추위가 몹시 매서워
원앙 이불이 얇아 쌀쌀하기에
밤새도록 당신과 안고 자다가
고개 돌려 당신에게 말을 하누나.
"모르긴 해도 옆집 사는 아낙네

160

혼자 자면 얼마나 추위에 떨까?"

—

今日寒政苦 (금일한정고)

鴛衾薄不暖 (원금박불난)

竟夜交郎抱 (경야교랑포)

回首向郎道 (회수향랑도)

不知東家婦 (부지동가부)

獨宿寒何許 (독숙한하허)

(12월)

오늘 밤 촛불 켜지 않았더니만
낭군 얼굴은 전혀 보이지 않고
향긋한 숨소리만 들었다가
아침 되자 보고서 말을 하누나.
"어찌하여서 뺨에 바른 연지가
낭군 얼굴 한가득 묻었나요?"

—

今夜不張燭 (금야부장촉)

不見阿郎面 (불견아랑면)

但聞香氣息 (단문향기식)

161

朝來對鏡看 (조래대경간)

如何臉邊朱 (여하검변주)

一半着郎面 (일반착랑면)

_ **이안중**(李安中), 「**월절변곡 십이장**(月節變曲 十二首)」

이안중(1752~1791)은 월령체(月令體/작품의 형식
이 일 년 열두 달의 순서로 구성된 시가)인 「월절변곡(月節變
曲)」을 지었다. 여기서 신혼부부의 사랑 이야기를 12
편의 시로 썼다. 추운 날씨에 얇은 이불이지만 부부
가 꼭 안고 자면 서로의 체온이 있어 견딜 만하다. 그
런데 슬그머니 독숙공방(獨宿空房)하는 옆집 과부 걱정
이 들었다. 실은 옆집 걱정이 아니라 자신의 행복에
대한 과시다.

그 다음 시는 노골적이다. 불을 끄고 상대의 숨
결만 느끼면서 사랑을 나누었다. 다음 날 날이 밝아
확인해보니 탐했던 사랑의 흔적이 상대 뺨에 고스란
히 남아 있었다. 사랑의 장면을 직접적으로 묘사하지
않았지만, 읽는 이의 상상력을 자극한다.

울적함 감싸자 조화 부리는 아이 침입하여

힘없이 누워 밤마다 그대를 생각하네.

처방약 분부하여 우선 진료하라 했지만

다시 내가 신비한 침 놓아주길 기다려주길.

—

纏綿鬱結化兒侵 (전면울결화아침)

嗒臥推君夜夜心 (답와추군야야심)

分付刀圭先救療 (분부도규선구료)

更須要我下神鍼 (갱수요아하신침)

_ 윤제규(尹濟奎), 「혜사가 병이 들었다는 것을 듣고(蕙史)」

『혜담집(蕙噕集)』은 윤제규(1810~1879)와 기녀 혜사(蕙史)가 주고받은 한시를 모아 엮은 시집이다. 두 사람은 어쩐 일인지 병을 함께 앓고 있었다. 위의 시에서 나오는 신비한 침(神鍼)은 '남자의 성기'를 의미한다. 여기에 혜사는 '한 번 먹으면 온몸이 좋아진다(一服令人好)'며 답을 했다. 남자는 자신의 성기가 여자에게 약이 될 것이라 농을 걸고, 여자는 남자의 성기에 몸이 좋아진다고 했다. 두 사람의 죽이 척척 잘 맞는다. 수위가 상당히 높은 시다.

당시 남녀 간의 감정을 솔직히 표현하기는 쉽지 않았다. 게다가 한시에서 노골적으로 성과 관련된 이야기를 풀어내는 것은 더더욱 어려운 일이었다. 그러나 조선 후기에 들어서 성적 욕망을 표현한 한시들이 창작된다. 인간의 기본 욕구 중 하나인 성에 대하여 억압하기보다는 발산을 했다는 데서 새로운 자각과 각성의 반영이라고도 볼 수 있다.

노처녀

절대 혼인의 시대, 여성들의 고민

○   지금 우리 사회는 미혼 여성, 미혼 남성의 비
중이 높은데다 혼자 사는 일이 전혀 문제로 인식되
지 않지만, 조선 시대에는 결혼하지 않은 남녀를 노
처녀, 노총각으로 규정하며 국가의 중대 문제로 여겼
다. 암행어사의 임무 중 하나는 노총각, 노처녀를 찾
아서 성혼시키는 일이었다. 1791년 정조가 한양에서
결혼 못한 노총각, 노처녀를 조사하게 했더니, 그 인
원은 총 281명으로 파악됐다. 석 달 만에 남녀 한 명
씩을 제외하고 모두 성혼을 시켰다. 28세의 노총각
김희집과 21세의 신씨가 마지막으로 남았는데 이 두
사람이 혼인하는 것으로 아름답게 마무리되었다.

이 두 사람의 결혼 이야기는 이덕무(李德懋)의
「김신부부전(金申夫婦傳)」과 이옥(李鈺)의 「동상기(東床
記)」에 실려 있다. 특히 문무자라는 호로 알려진 조선
후기 문인 이옥의 「동상기」에는 노처녀 신씨 마음을
잘 보여주는 대목이 나온다. "더는 참을 수 없어 측간

으로 달려가 가만히 개를 불러 말하였다. '멍멍아, 내가 내일모레면 시집을 간단다' (…) 단지 하품만 한 번하니, 그 처녀 민망하고 민망하여 또 개를 보고 말하였다. '멍멍아, 내가 너에게 허황된 말을 할 것 같으면 내가 너의 딸자식이다?'"라는 내용을 통해 노처녀의 복잡한 심경을 담은 시들이 남아 있음을 알 수 있다. 그렇다면 또 다른 시에서는 어떻게 표현되고 있을까?

스스로 홍안 아껴 고이고이 간수해도
거울 속 비친 눈썹 아무도 보지 않네.
원망스럽네. 세월이 훌쩍하고 지나가서
규방의 사람 위해 잠시도 머물 줄 모르는 게.
—

自惜紅顔好護持 (자석홍안호호지)

無人看取鏡中眉 (무인간취경중미)

生憎歲月堂堂去 (생증세월당당거)

不爲空閨駐少時 (불위공규주소시)

_ **오상렴**(吳尙濂), 「**노처녀**(老處女)」

젊디젊은 얼굴을 잘 관리했다지만 거울 속에 비친 모습은 나이 든 기색이 역력하다. 어느새 세월은 훌쩍 흘러가서 아무도 자신의 얼굴을 쳐다보지 않게 되었다. 무정한 세월을 탓해보지만 어쩔 수는 없는 일이다. 오상렴(1680~1707)의 시에 등장하는 주인공은 무정한 세월 속에 한창 때와 달라진 용모를 탄식하고 있다.

가난한 집 남자 배필 되지를 마오
어린놈에게 시집도 가지를 마오.
생계며 가사 일은 어찌할 수 없나니
네 한 몸 그르침은 남자에게 달렸다네.
—

戒君勿配貧家夫 (계군물배빈가부)

戒君勿適冲年夫 (계군물적충년부)

治生辦事均無奈 (치생판사균무내)

誤汝一身摠在夫 (오여일신총재부)

_ **육용정**(陸用鼎), 「**노처녀의 노래**(老處女吟)」

육용정(1843~1917)의 시는 모두 3편으로 이루

어져 있는데, 위의 시는 그중 한 편이다. 가난한 남자에게 시집가면 먹고살 일이 걱정이고, 어린 남자에게 시집가면 온갖 일을 챙겨주어야 한다. 이 사람은 이래서 걸리고 저 사람은 저래서 걸린다. 돈 많고 나이 지긋이 먹고 거기다 얼굴까지 잘난 사람은 벌써 다른 사람들의 짝이 되었는지 눈에 띄지 않는다. 가난하거나 어린 사람에게 시집가야 할 바에는 차라리 혼자 사는 것이 나을 판이다. 자신의 짝을 찾는 간절한 마음을 시에 담았다.

정월 대보름 달빛 매우 맑고 둥근데
달 먼저 보게 되면 아들을 낳는다네.
도대체 어인 일로 남쪽 이웃 노처녀는
등 돌리고 말도 없이 눈물 줄줄 흘리는가?

—

元宵月色劇淸圓 (원소월색극청원)

先見生男古老傳 (선견생남고로전)

底事南隣老處子 (저사남린로처자)

背人無語淚泫然 (배인무어루현연)

_ 김려(金鑢), 「상원리곡(上元俚曲)」 중 한 편.

168

정월 대보름에 대보름달을 남들보다 먼저 보면 아들을 낳는다는 속설이 있었다. 그래서 부인들은 대보름달을 먼저 보려고 다투곤 했다. 남들은 대보름달을 서로 먼저 보려고 정신이 없는데, 시 속의 노처녀는 웬일인지 등을 돌린 채 말도 없이 눈물만 흘리고 있다. 왜 그럴까? 하늘을 봐야 별을 따지. 남들 다하는 결혼도 못한 신세가 못내 서러워서 그렇게 울고 있었다. 김려(1675~1728)의 시는 혼기를 놓친 노처녀의 답답한 심정을 잘 담고 있다.

어찌 인물이 남보다 빠진다 하랴.
바느질도 잘하고 길쌈*도 잘하지만
어려서부터 가난한 집에서 자라
중매쟁이는 나를 몰라준다네.
—

豈是乏容色 (기시핍용색)

工鍼復工織 (공침부공직)

少小長寒門 (소소장한문)

*   길쌈: 실을 내어 옷감을 짜는 일.

良媒不相識 (양매불상식)

_ 허초희(許楚姬), 「가난한 여인의 노래(貧女吟)」

　　허초희(1563~1589)의 시는 모두 4수로 이루어
져 있다. 시 속에 등장하는 여성은 얼굴도 예쁘고 솜
씨도 있었지만 가난한 집이라 중매쟁이가 선뜻 혼처
를 마련해주지 않는다. 나머지 3수의 내용을 풀이하
면 다음과 같다. 종일 베만 짜는 노처녀가 있었다. 베
를 짜서 완성해도 자신의 몫이 아니라 팔자 좋은 아
가씨 혼수 갈 때 가져갈 물건이 된다. 남들 시집갈 때
가져갈 옷을 짓지만 정작 자신은 노처녀 신세를 벗어
날 수 없었다.

　　요즘은 만혼(晩婚)이 대세라서 어지간한 나이
라도 노처녀란 이름을 붙이기 어렵다. 조선 시대에는
보통 15살을 전후해 결혼하는 조혼 풍습이 있어서,
20살을 넘기면 노처녀로 간주하였다. 지금과는 비교
할 수 없을 정도로 빨리 노처녀가 되었고, 이후엔 시
집가기도 쉽지 않았다. 예외적이긴 하지만 당찬 노처
녀도 존재했다. 조수삼의 『추재기이(秋齋紀異)』를 보면
나이가 쉰이나 먹은 삼월이란 노처녀가 나온다. 처녀

처럼 화장을 하고 엿을 팔아 생계를 꾸리며 "온 세상 남자가 다 내 남편"이라고 호기롭게 말하곤 했다. 그런데 당시 대부분의 노처녀는 잉여(剩餘)의 존재로서 아픈 마음을 스스로 달래야 했다.

예전의 노처녀를 지금의 노처녀와 비할 수 없다. 지금은 노처녀란 말도 거의 사용하지 않는다. 혼기를 늦추는 것이 자발적인 선택이기 때문이다. 예전에 결혼이 나이만 차면 누구나 끝내야 하는 숙제였다면 이제 결혼은 자신의 진정한 짝을 찾기 위해 유예할 수도 있고, 여의치 않으면 결혼을 하지 않을 수 있게 되었다. 결혼 자체가 필수에서 선택의 문제로 바뀐 셈이다.

첩

온전한 자신의 자리를 꿈꾸었던 이들

○   지금의 일부일처제(一夫一妻制)에서 첩(妾)은 결
코 용인받을 수 없다. 그래서 첩이라 하면 부정적 이
미지가 먼저 떠오른다. 하지만 조선 시대의 첩은 이
와는 사뭇 달랐다. 첩은 처(妻)와는 별도로 가족의 지
위가 인정된 여자였다. 조선 시대 남성들이 첩을 들
인 이유는 제각각이다. 양반 남성들이 후사를 잇기
위해서, 집을 떠나 외지에서 장기 체류할 때 시중을
받기 위해서, 부인이 죽은 뒤 더 이상 후사를 둘 필요
는 없고 오로지 시중 받을 목적으로, 여자를 만나던
중 생긴 자식을 거두기 위해서, 자신의 의지로 혹은
부인의 권유로 첩을 들였다.

애정이 늘그막에 심하여져서
아름다운 여인을 맞이해왔네.

흰 털을 뽑는 건 흰머리 싫어해서고
화장하는 건 예쁜 뺨 사랑해서네.
구름 속에 난새와 학이 짝지어 있고
눈 속에 버드나무 옆 매화가 있네.
늙수레한 말이 꼴과 콩을 탐하면
당연스레 질병의 빌미 되리라.

—

風情衰境甚 (풍정쇠경심)

迎得美姬來 (영득미희래)

鑷白嫌銀鬢 (섭백혐은빈)

鉛紅愛玉腮 (연홍애옥시)

雲間鸞伴鶴 (운간란반학)

雪裏柳傍梅 (설리류방매)

老馬探蒭豆 (노마탐추두)

應爲疾病媒 (응위질병매)

_ 임광택(林光澤), 「이웃 친구가 소실을 들였다는 말을 듣고 장난
삼아 이 시를 지어준다(聞隣友納小室 戱贈)」

친구가 첩을 얻을 때 축하의 의미로 지어주는
시가 적잖게 남아 있다. 첩에 관한 시에는 이 시처럼

'희(戱/희롱할 희)'라는 표제가 붙어 있어서, 조선 시대 양반들의 첩에 대한 태도를 짐작케 한다. 늦바람이 들어 첩을 들인 친구에게 이 시를 써주었다. 늙은 친구와 젊은 첩에 대해 백(白)과 홍(紅)이란 단어를 써서 색채적으로 대비하였다. 시샘과 농을 담아 전반적으로 유쾌한 어조로 진행했다. 서로 좋은 짝이 될 것이라는 축수와 함께, 건강을 잃을 수도 있는 호색(好色)에 대한 경계도 말하였다.

비록 사마상여의 앓던 병과 똑같지만
백거이의 나이에는 미치지 못하였네.
머리가 센 뒤에도 은애(恩愛)는 줄지 않아
춘정(春情)은 오히려 버들가지 가에 있도다.
마당에서 제나라 사람의 첩이 우는 일 면할 수 있겠고
왕돈처럼 첩을 보냈으니 불조선(佛祖禪)을 참구함에 지장이 없으리라.
끊어진 줄을 다시 이어야 하리니
눈앞의 어린 딸이 다만 그저 불쌍하네.
—

雖同司馬相如病 (수동사마상여병)

不及香山居士年 (불급향산거사년)

恩愛未衰頭白後 (은애미쇠두백후)

春心尙在柳枝邊 (춘심상재류지변)

中庭免使齊人泣 (중정면사제인읍)

開閤非關佛祖禪 (개합비관불조선)

擬把斷絃還得續 (의파단현환득속)

眼前稚女只堪憐 (안전치녀지감련)

_ **신광한**(申光漢), 「**집이 가난해서 첩을 내보내면서 장난삼아 쓴
다**(家貧 遣妾 戲書)」

조선 중기의 문신 신광한(1484~1555)은 말년에
매우 가난했다. 1524년 41살에는 여주 원형리(元亨里)
로 내려가자마자 형편이 좋지 않아 첩을 돌려보낼 지
경에 이르렀는데, 이 시는 그 즈음에 지은 것이다. 3,
4구를 보면 상황이 여의치는 않았지만 첩에 대한 사
랑만은 변치 않았던 것을 알 수 있다. 5, 6구는 설명이
필요한 대목이다.

5구에서 '제인(齊人)'은 『맹자』, 「이루」에 나오
는 '제나라 사람의 일처일첩(齊人有一妻一妾)' 대목을 가

리킨다. 풀이하면, 신광한은 만약 첩이 있다면 제나라 사람의 첩처럼 자신을 비방하며 우는 일이 있을 수도 있지만 이제 첩이 없게 되었으니 아예 그러한 일이 일어나지 않을 것이라는 내용을 담고 있다.

6구에서 개합(開閣)은 '뒷문을 열다' 또는 '뒤에 있는 누각(後樓)의 문을 열다'는 뜻인 '개후합(開後閣)'을 줄인 말인데, 이와 관련한 전례가 하나 있다. 동진(東晉/진나라 후반)의 장수이자 권신인 왕돈(王敦)이 여색에 빠져 몸이 쇠약해지자 좌우에서 여색을 삼가하라고 충고했다. 그러자 왕돈은 "그것은 매우 쉬운 일이야." 하고, 각자 갈 곳으로 가라며 뒷문을 활짝 열어젖혀 수십 명의 첩을 몰아냈다. 왕돈의 행동에 사람들은 크게 탄복했다. 이 이야기는 유의경이 쓴 『세설신어(世說新語)』, 「호상(豪爽)」에 나온다.

위의 시를 보면 아마도 신광한은 참선 수행을 했던 모양이다. 그래서 참선에 방해되는 첩을 돌려보내야 하는 상황에 처한다. 첩과 남은 인생을 함께하려 했지만 그마저도 허락되지 않았다. 첩이야 그렇다치더라도 어미 품에 함께 돌려보낼 아이에게 더 마음이 쓰인다고 했다. 이 아이는 신광한과 첩의 사이에서 낳은 딸이다.

남쪽 하늘 나비 쌍쌍 잘도 갔다 돌아오니
한순간에 훨훨 날아 여러 산 건너오네.
만약에 거마에 싣고 가게 한다면
꿈속에 챙기던 짐 보따리 고생스러우리.
—

南天蝴蝶好雙還 (남천호접호쌍환)

一瞬遽遽度萬山 (일순거거도만산)

若使載將車馬去 (약사재장거마거)

夢中行李亦間關 (몽중행리역간관)

_ 이서우(李瑞雨), 「첩이 말하기를 "여러 번 꿈에 주인어른을 따
라 집으로 돌아갈 꿈을 꾸었습니다. 그러나 일찍이 사람과 말이
산 넘고 물 건너는 일이 있지 않았고 갑자기 집에 와 있게 되었
으니 그것은 참으로 돌아갈 징조는 아닌가 봅니다."라고 하여
서, 장난삼아 절구 한 편을 쓴다(妾言屢夢隨主還家 然未嘗有人馬跋
涉之事 而倏然在彼 其非眞還之兆云 戲成一絶)」

이 시에 등장한 첩은 주인어른이 자신을 집으
로 데려가주길 고대한다. 얼마나 간절히 바랐는지 매

177

번 집에 함께 돌아가는 꿈을 꾸었다. 그런데 이상스러운 것은 꿈속에서도 가는 과정은 쏙 빠지고 그냥 집에 있는 장면만 떠올랐다. 그에 대한 답으로 주인 어른은 이 시를 남겼는데, 이것이 아주 걸작이다. 나비들은 쌍쌍이 가는 것을 좋아해서 순식간에 함께 여러 산을 건너온다. 말이나 수레에다 짐을 싣고 간다면 꿈속에서라도 집을 챙기는 것이 얼마나 번잡스럽고 고생스럽겠느냐고 말한다. "우리도 나비처럼 훨훨 날아 함께 돌아가자. 그러니 조금만 나를 믿고 참아다오." 이것이 그가 첩에게 하고 싶었던 말은 아니었을까.

십 년간 살림하랴 실컷 고생했으니
애정은 아내와 첩 사이를 어찌 논할 것인가.
한밤중에 깜짝 놀라 불러도 묵묵부답
눈물 젖어 난새를 차마 보기 어렵구나.

—

十年臼鼎備辛艱 (십년구정비신간)
情意寧論婦妾間 (정의녕론부첩간)
半夜驚魂招不得 (반야경혼초부득)

不堪和淚對孤鸞 (불감화루대고란)

_ 정충신(鄭忠信), 「죽은 첩의 거울에 관해 쓴다(題亡妾鏡)」

이 시에는 지난 십년 동안 살림을 꾸리느라 고생한 첩에 대한 작가의 마음이 나타나 있다. 첩을 사랑하는 마음은 아내를 사랑하는 마음과 크게 다를 바 없었다. 그러니 첩이 떠난 자리가 너무도 크기만 하다. 한밤중에 퍼뜩 잠에서 깨어 찾아보아도 그녀는 이미 사라지고 없다. 첩이 썼던 거울만이 주인을 잃고 놓여 있어서 보기만 해도 눈물이 줄줄 흐른다.

과거에도 첩을 두는 일은 여간 복잡한 문제가 아니었다. 일단 처첩(妻妾) 갈등이 생길 수 있었다. 실제 갈등의 주범은 남자인데도 처첩들의 화해만을 요구하거나 덕행이 부족한 소치로 몰고 나갔다. 첩에게서 낳은 자식은 평생 서얼(庶孼)이란 꼬리표를 뗄 수 없었다. 이렇듯 첩은 아내의 의무는 졌지만 아내의 권리는 거세된 존재였고, 수많은 여인이 첩이란 이름으로 살다 조용히 스러졌다. 첩은 살아서나 죽어서나 남편 곁에 온전한 자리조차 없는 슬픈 이름이었다.

단오 부채

격려와 당부의 마음을 담아

○ 　단옷날에 선물로 주고받는 부채를 단오선(端午扇) 또는 절선(節扇)이라고 한다. 단오선에 관한 기록은 여러 문헌에서 확인할 수 있다. 조선 후기 홍석모(洪錫謨)가 연중행사와 풍속들을 정리한 세시풍속집 『동국세시기』를 보면 "공조에서는 단오선을 만들어 바친다. 그러면 임금은 그것을 각 궁에 속한 하인과 재상, 시종신에게 나누어준다."라는 내용이 나온다. 지금으로 치자면 대통령 하사품인 셈이다. 부채를 받은 사람은 거기다가 금강산 일만 이천 봉을 그리곤 했다.

성은이 성균관을 적시어서는
대궐에서 새 부채 하사하였네.
쌍쌍이 봉하고 쓴 제사(題詞)가 아직도 촉촉

하고
부채질하니 오월에도 찬바람이네.
백우선* 가져 더위 잘 넘길 것이니
청단선**을 받은 일에 견줄 만하네.
서늘한 가을바람 불어온대도
상자 속에 넣고서 두고 보리라.

—

聖恩霑璧水 (성은점벽수)

新扇出金鑾 (신선출금란)

題處雙封濕 (제처쌍봉습)

搖來五月寒 (요래오월한)

不勞携白羽 (불로휴백우)

堪比賜青團 (감비사청단)

縱使秋風至 (종사추풍지)

還從篋裏看 (환종협리간)

_ 윤기(尹愭), 「단옷날 대궐에서 하사한 부채 두 자루(端午內賜二
扇)」

* 　백우선(白羽扇): 흰 새의 깃을 모아서 만든 부채.
** 　청단선(青團扇): 푸른색의 둥근 부채.

이 시는 윤기가 50세 때인 1790년 단오에 지은
작품이다. 부채를 하사받은 감격이 문면에 가득하다.
자신이 부채를 하사받은 일을 당(唐)나라 때 한림(翰
林)으로 처음 선발된 사람들에게 단옷날이면 푸른색
의 둥근 부채를 하사했던 일에 빗대 자랑스러워했다.
가을이 되면 쓸모없어질 부채지만 상자 속에 소중히
간직하며, 자신을 특별히 여겨주는 임금의 마음을 기
억하겠다고 했다.

　　지난날 오월 오일 단옷날에는
　　선방(扇房)에서 부채를 내리시었네.
　　궁궐에서 새로 만든 것이기에
　　긴 여름 부채 덕에 시원했었지.
　　칠 광택은 만질수록 반질거렸고
　　붉은 인주 찍힌 단오첩 향기롭더니
　　지금은 장독 기운 어린 곳에서
　　모기떼만 괴로이 침상에 드네.
　　—

舊日端陽日 (구일단양일)
恩頒自扇房 (은반자선방)

內家新制作 (내가신제작)

長夏故淸涼 (장하고청량)

漆澤摩來潤 (칠택마래윤)

紅泥帖子香 (홍니첩자향)

如今瘴癘地 (여금장려지)

蚊蚋苦侵床 (문예고침상)

_ **정약용**(丁若鏞), 「**단옷날에 슬픈 마음을 읊다**(端午日述哀)」

이 시는 정약용이 장기에 유배 갔을 때 지은 것
이다. 단순히 부채는 더위를 식히는 도구가 아니었
다. 부채는 임금의 신하에 대한 사랑과 관심의 상징
이었다. 부채 덕에 여름철 더위를 피하고, 관직의 괴
로움도 이겨냈다. 그러나 이번 단옷날에는 유배지에
서 모기 밥이 되고 말았다. 성은(聖恩)이 떠난 자리에
는 모기한테 물린 자국이 상처처럼 자리 잡았다.

명절 맞아 향기로운 부채 주시고
푸짐한 음식에 담로의 술잔이니
내관 통해 하사한 것 받들어 보고
포장되어 온 것을 근신이 열었네.

절을 하고서 임금 은총 받으니
처세함에 작은 재주 부끄러운데
우리 임금 거의 아무 병 없으시고
단비가 바라던 중에 쏟아지도다.

—

令節揚薰䉛 (영절양훈삽)

需雲湛露杯 (수운담로배)

擎看內史降 (경간내사강)

封到近臣開 (봉도근신개)

拜手承殊渥 (배수승수악)

將身愧瑣才 (장신괴쇄재)

吾王庶無疾 (오왕서무질)

好雨望中催 (호우망중최)

_ **신익전**(申翊全), 「**기축년**(1649, 인조 27년) **단오일에 승정원에서 숙직을 하다가 추로주와 부채를 하사받고서**…(己丑端陽 直宿銀臺 獲拜秋露'扇面之賜 時聖候違豫而向康 且逢久旱之雨 欣抃有作 呈朴承宣 仲久【長遠】求和)」

단옷날이었다. 마침 승정원에서 숙직을 하고 있었는데 추로주와 부채를 하사받았다. 여기서 추

184

로주는 추로백(秋露白)이라고 하는 술로, 홍만선(洪萬選)의 『산림경제(山林經濟)』, 「치선(治膳)」에 이르기를 "가을 이슬이 흠씬 내릴 때, 넓은 그릇에 이슬을 받아 빚은 술을 추로백이라 하니, 그 맛이 가장 향긋하고 톡 쏜다."라고 표현할 만큼 좋은 술이었다. 신익전 (1605~1660)은 임금의 깊은 은총에 감읍하여 숙직의 피로도 잊었다. 게다가 좋은 소식이 연달아 들려온다. 임금께선 병환에서 회복이 되었고, 오랜 가뭄 끝에 비까지 내리고 있다. 이보다 더 좋을 수는 없었다. '부채를 부치지 않아도 상쾌해지는 것' 같은 기분이 이 시에 한껏 담겼다.

현대 사회에 없어서는 안 될 필수품인 에어컨은, 자신의 열기를 밖으로 뿜어대면서 안으로는 냉기를 전달한다. 그러나 부채는 자신의 손짓에 따라 주변까지 시원한 바람을 전달해준다. 부채는 친환경적이며 이타적인 물건이다. 그 옛날 마땅한 냉방기구가 없었을 때 혹서(酷暑)를 버티기에 부채만큼 요긴한 물건도 없었다. 임금이 신하들에게 부채를 전달했던 이유는 무엇이었을까? 단오 무렵에 부채를 선물로 주고받는 것은 나쁜 기운(邪氣)을 물리치라는 의미를 가진다.

부채로 여름 한 철을 잘 지내라는 격려의 의미도 있었겠지만, 백성들에게 시원한 바람 같은 선정(善政)을 베풀라는 당부가 섞인 것은 아니었을까 짐작해본다.

거사비

공덕을 기린 마음이 빛이 바래

○   거사비(去思碑)는 선정을 베푼 감사나 수령 등이 떠난 뒤에 그들이 재임했을 때의 공덕을 기리어 고을 주민들이 세운 비석이다. 공덕비(功德碑), 불망비(不忘碑), 송덕비(頌德碑), 선정비(善政碑), 영사불망비(永思不忘碑), 유애비(遺愛碑) 등으로도 불린다. 거사비의 취지는 원래는 참으로 아름다웠다. 관리의 선정에 대한 감사의 표시로 백성들이 십시일반으로 돈을 거두어 자발적으로 빗돌을 세워주었다. 거사비에는 어떠한 사연들이 숨어 있었을까?

돌 복판에 대놓고 새겨놨으니
인심을 참으로 볼만하구나.
쌀알로 평생 배부름 생각했고
실올로 백 년 추위 품어줬다네.

득어망전 하기란 쉽지 않아도

백성 속여 먹는 일 어렵지 않네.

자연스레 세워진 오래된 미륵

홀로 서서 강가만 바라본다네.

—

石腹公然鑿 (석복공연착)

人心大可觀 (인심대가관)

粒憶平生飽 (입억평생포)

絲含百歲寒 (사함백세한)

魚忘眞未易 (어망진미이)

狙喜果非難 (저희과비난)

天然舊彌勒 (천연구미륵)

獨立望江干 (독립망강간)

_ 황오(黃五), 「선정비(善政碑)」

선정비가 떡하니 세워져 있었다. 빗돌에는 관
원이 백성에게 베풀었던 치적(治績)들이 상세히 적혀
있다. '어망(魚忘)'은 득어망전(得魚忘筌)의 준말로, 『장
자(莊子)』, 「외물(外物)」에는 "물고기를 잡고 나면 통
발을 잊고, 토끼를 잡고 나면 덫을 다시 생각하지 않

는다(得魚忘筌 得免忘蹄)."라 나온다. 원래 목적을 달성하면 수단을 잊는다는 뜻인데, 여기에서는 선정이 실제로 행해졌다면 굳이 선정비를 세울 필요는 없다는 말이다.

'저희(狙喜)'는 원숭이처럼 남을 잘 속이며 정도(正道)에 어긋나는 것을 이르는 말로, 전국시대 전략가들의 책략을 편집한 유향(劉向/중국 전한 말기의 학자)의『전국책(戰國策)』에도 나온다. 관리가 백성을 속여 먹는 일에 대한 이야기가 실려 있다. 위의 시에서 5, 6구는 선정을 베풀고 자랑하지 않는 것은 쉽지 않은 일이지만, 백성들을 속여 먹는 것은 쉬운 일이라 말한다. 한편에는 깊은 신앙심의 자연스러운 발로로 누군가에 의해 세워진 미륵보살상이 그렇게 무심한 듯 서 있다. 선정비와 미륵보살상의 대비를 통해 남들에게 기억된다는 것의 진정한 의미를 밝혔다.

거사비 세운다고 함부로 돈 거둬가니
백성들 유랑함은 그 누가 시켰던가.
빗돌은 말도 없이 큰길 막고 서 있는데
신관은 어찌 그리 구관 닮아 어질던지.

—

去思橫斂刻碑錢 (거사횡렴각비전)

編戶流亡孰使然 (편호류망숙사연)

片石無言當路立 (편석무언당로립)

新官何似舊官賢 (신관하사구관현)

_ **이상적**(李尙迪), **「길가의 거사비에 대해 짓다**(題路傍去思碑)」

이 시에서 이상적(1803~1865)은 거사비 세운다
며 마구 돈을 거둬가는 통에 백성들은 떠돌면서 유리
걸식(流離乞食)하게 된 이야기를 다룬다. 선정을 감사
하는 의미로 세워져야 할 거사비가 오히려 학정(虐政)
을 부추기고 있었다. 새로운 관리는 전에 있다가 떠
난 옛 관리를 닮아 어질기만 하다고 표현하며 우스운
세태를 풍자하고 있다. 옛날의 관리들은 빗돌에 한결
같이 어질다고 새겨져 있었지만, 실제로 어질지 않았
던 셈이다. 새로 부임한 관리도 마찬가지였다.

새 비석은 웅대하고 옛 비석 부셔져서
쭉 서 있지만 비석이 부끄러움 없겠는가.
백성 고혈 마르게 하는 폐습 상관 않는다면

이때부터 모든 사람 좋은 관리 될 것이네.

—

新碑宏麗舊碑殘 (신비굉려구비잔)

林立能無汗石顔 (임립능무한석안)

不關風弊民膏竭 (불관풍폐민고갈)

自是人人做好官 (자시인인주호관)

_ 한장석(韓章錫), 「벼슬길에서 선정했다는 거사비가 곳곳마다
숲을 이루고 있었으니 입에서 나오는 대로 분개한 마음을 드러
내 보이다(官途善政 去思之碑 在在成林 口占示慨)」

웅장하고 화려하기만 한 새로 세운 비석부터
마모되어 가는 오래된 비석까지 여기저기 쭉 늘어서
있다. 좋은 관리라는 것이 사실 별 것이 아니다. 백성
들 괴롭혀 거사비를 세우는 폐습을 답습하지 않는 것
이야말로 좋은 관리가 되는 첩경이다. 이처럼 당시
관례에 따라 거사비를 남발해서 세우던 폐습을 비판
하고 있다.

거사비를 세우는 원래의 취지는 갈수록 퇴색해
서 백성들에게 강제적으로 금전을 착취하는 목적으
로 변질되었다. 자발적으로 해야 할 일이 의무적으로

191

해야 할 일로 뒤바뀌고, 기리지 않아도 될 일들이 기려야 할 일로 꾸며지게 되었다. 정조 때에는 갑자년(1744년, 영조 20년) 이후에 세운 거사비를 모두 철거하라는 명까지 내려졌지만, 그 이후에도 거사비를 세우는 풍조는 계속 성행하였다.

조선 중기의 문인 권필(權韠)은 「충주석(忠州石)」에서 이미 세도가들이 신도비를 세우는 풍조를 비판한 바 있다. 선업(先業)은 사람들의 마음에 새겨야지 돌덩어리에 새길 일이 아니었다. 관리들의 묘도문자(墓道文字/묘비 따위에 새긴 글)에는 그 사람 생전에 부임하는 곳마다 거사비가 세워졌다는 이야기들이 훈장처럼 단골로 등장한다. 그중에 실제로 자랑스러워 할 만한 일은 얼마나 됐을까? 거사비에 대한 시 중에는 자신의 아버지 거사비를 보면서 느끼는 자랑스러움이나 자신의 거사비를 보는 멋쩍음도 보인다.

지금 빗돌에다 직접 새기는 일은 거의 사라졌지만, 자신의 치적을 생색나게 남기려는 일은 완전히 사라지지는 않았다. 세월이 지나면 다 마모되어 흉물스럽게 길가에 방치될 뿐 아무도 눈길 하나 주지 않는다. 돌에다 누군가를 기린다는 일이 다 부질없는

일이라 할 수 있다. 기억할 만한 일은 사람의 마음속
에 남아 있다가 입으로 전해지면 그뿐이다.

다듬이 소리

고단하고 힘겨운 삶의 소리

○　　이제는 사라진 소리들이 있다. 엿장수 가위 소리, 동네 골목에서 떠드는 아이들 소리, 소달구지 소리, 도리깨질 소리, 상엿소리, 버스 차장의 '오라이' 소리 등은 이제는 들으려 해도 들을 수 없게 되었다.

　　다듬이 소리는 시인들의 단골 소재였다. 두보(杜甫)의 「옷을 다듬질 하다(擣衣)」란 시에, "수자리 나간 남편 돌아오지 못할 줄 알아, 가을 되니 다듬잇돌 닦아놓누나(亦知戍不返 秋至拭淸砧)."라 하였고, 이백(李白)의 「자야오가(子夜吳歌)」란 시에서는 "장안에는 한 조각달이 밝은데, 많은 집에서 다듬이 소리 들려오누나(長安一片月 萬戶擣衣聲)."라 하였다. 이처럼 다듬질을 소재로 한 시들은 쉽게 찾아볼 수 있다.

　　겨울옷 당신에게 전하지 못해

194

밤 깊도록 다듬이 치고 있네요.
등잔불도 제 신세와 비슷하여서
눈물 다 마르고서 속도 태워요.
—

未授三冬服 (미수삼동복)

空催半夜砧 (공최반야침)

銀缸還似妾 (은항환사첩)

淚盡却燒心 (누진각소심)

_ 김극검(金克儉), 「규방의 정(閨情)」

    어떤 사정인지 모르지만 남편이 집을 비우고 있다. 겨울옷을 짓는 걸 보면 겨울이 되기 전에 남편은 집을 떠나 있었다. 밤늦도록 이 옷을 만든다고 고생하지만 남편에게 전달할 수 있을지 알 수 없고, 전달한다 하더라도 남편이 고마워할지도 모르겠다. '공(空)'이란 글자를 보면 아내 스스로 이러한 상황을 잘 알고 있는 것으로 보인다. 등잔불에 기대어 다듬질을 하다가 문득 등잔불이나 자기 처지나 다름없다는 생각이 든다. 등잔불에 있는 기름이 다 떨어지고 나면 심지가 타는 것처럼, 자신도 더 이상 나올 눈물이 없

195

게 되자 마음속이 타들어갔다.

> 무슨 일로 밤새도록 방망이 두드리나
> 팔목이 시리도록 못 쉬는 다듬이 소리.
> 저 소리는 내 집의 다듬질과 사뭇 달라
> 이웃집 다듬질에 유달리 수심이 나네.
>
> ─
>
> 何事丁東到曉頭 (하사정동도효두)
> 教渠酸腕未能休 (교거산완미능휴)
> 隣砧不與家砧別 (인침불여가침별)
> 偏向隣砧一段愁 (편향린침일단수)
>
> _ **정학연**(丁學淵), 「**가을 다듬이 소리**(秋砧)」

정학연(1783~1859)은 「가을 벌레(秋蟲)」, 「가을 꽃(秋花)」 등 10종의 가을 경물을 제재로 쓴 100여 수의 연작시를 남겼다. 진정 가을의 시인이라 할 만하다. 이 시도 역시 가을 다듬이 소리를 두고 지은 것이다.

담 너머 들려오는 다듬이질 소리에 이웃집 사정을 엿볼 수 있다. 이웃집 아낙에게 무슨 일이 있었는지 모르지만, 밤새도록 다듬이질 소리가 들려왔다.

마치 다듬잇돌에 분풀이라도 하는 것처럼 말이다. 우리 집 화평한 다듬이질 소리와는 사뭇 다르다. 이웃 집 아낙의 불편한 심사에 마음이 쓰인다. 그 아낙은 무엇 때문에 저리도 마음이 아픈 걸까?

어떨 때 마음 가누기 어려웁던가
맑은 밤 다듬이 소리 들려올 때지.
처음에는 외방망이 조용조용 들리다가
어느새 쌍방망이 뚝딱뚝딱 울리었네.
외방망이는 은병에 물시계 남은 물방울이 떨어지는 소리라면
쌍방망이는 연못에 소낙비 내려 천 개 구슬 쏟아지는 소리이네.
문 열고 하늘 보면 달빛은 옥과 같고
대 그림자 너울대고 지붕엔 서리 가득.
—

何處難爲情 (하처난위정)

淸夜搗衣聲 (청야도의성)

寂寂初聞隻杵動 (적적초문척저동)

跳跳忽作雙杵鳴 (도도홀작쌍저명)

隻杵銀壺殘漏數點滴 (척저은호잔루수점적)

雙杵荷塘急雨千珠傾 (쌍저하당급우천주경)

開門看天月如玉 (개문간천월여옥)

竹影褵褷霜滿屋 (죽영리시상만옥)

_ 정약용(丁若鏞), 「세 가지 소리(三聲詞)」 중 첫 수

이 시는 정약용이 1802년에 유배지인 강진에
있을 때 썼다. 아들 정학연이 강진으로 문안 왔을 때
느낀 답답한 심경을 담고 있다. 그를 괴롭게 만드는
다듬이 소리, 빨래 방망이 소리, 수레 소리 등을 소재
로 세 편의 시를 썼고, 그중 다듬이 소리를 소재로 한
시를 소개한다.

가을밤에 들려오는 다듬이 소리는 괴롭기 한량
없다. 외방망이로 박자를 잡다가 쌍방망이로 장단을
옮겨 탄다. 이런 외방이질과 쌍방망이질의 변주(變奏)
를 물시계에 남은 물방울과 소낙비로 기막히게 빗대
어 표현했다. 더 이상 이 소리를 견딜 수 없어 창문을
열어본다. 하늘에 둥근 달이 떴고, 대밭은 바람에 흔
들리며, 지붕에는 서리가 내려 앉아 있었다.

딱하구나. 남자의 몸뚱이여
전부 다 여자 손에 맡기고 있네.
내일 아침 차려 입고 집 나가서는
그 얼굴 두껍게도 뽐을 낼 테지.

—

可憐男子身 (가련남자신)
都付女人手 (도부여인수)
明日拂衣行 (명일불의행)
揚揚顔亦厚 (양양안역후)

　_ 조면호(趙冕鎬), 「새벽 다듬이 소리(曉砧)」

방망이 소리는 단순한 소리가 아니라 고단한
노동의 신음이었다. 조면호(1803~1887)는 여성 화자
의 목소리로 말을 한다. 남자들은 일상의 모든 것을
여성에게 의지하면서 당연시한다. 밤새 다듬이질을
해서 옷을 챙겨 놓았더니 애초부터 옷이 그랬던 것처
럼 으스대며 집을 나선다. 단순히 여성의 고단한 삶
에 대한 연민에서 그치지 않고, 고마운 줄도 모르고
뻔뻔하기만 한 남성의 행태를 정조준해서 비판했다.
　다듬이 소리는 두 개의 방망이가 경쾌한 소리

를 내지만 어쩐지 구슬프고도 서글프다. 진작 다리미에게 자리를 내어주고 이제는 더 이상 들을 수 없는 소리가 되어버렸다. 다듬이질은 남편을 기다리며 남편의 옷을 장만하는 아낙의 마음을 담고 있어 일종의 규원시(閨怨詩)로 자리 잡았다. 그래서 다듬이 소리는 어머니와 아내를 먼저 연상케 하여 고단하게 힘겨웠던 여성의 삶을 아프게 말해준다.

나무꾼

가족을 위해 고된 노동을 감내하다

○   나무꾼은 일반 백성과 초군(樵軍)이 담당했는데, 당시 생계유지를 위해 양반 가문의 산에 몰래 들어가 나무를 베는 투작(偸斫)이 성행했다. 나무꾼들은 개인으로 작업하는 경우도 있지만 대체로 집단을 이루어 작업을 진행하는 경우가 많았다. 이들은 적게는 한두 명에서 열 명 또는 스무 명 정도의 규모가 보통이었지만, 백 명이 넘는 대규모 조직도 있었다.[12] 정상적인 땔감 채취가 여의치 않으면 불법을 저지르는 것도 서슴지 않았다. 지금 남아 있는 시에서는 개인으로 일한 나무꾼을 다룬 것이 많다. 그들은 고단한 일들을 어떻게 하고 있었을까?

해가 지고 난 푸른 산속에서는
나무꾼 노래 먼 바람에 울리네.

소나무 사이에서 앞길 묻노니
송아지 탄 두셋 꼬마들 답하네.

—

日暮靑山裏 (일모청산리)

樵歌響遠風 (초가향원풍)

松間問前路 (송간문전로)

騎犢兩三童 (기독량삼동)

_ **변종운**(卞鍾運), 「**산길을 가다**(山行)」

나무꾼은 시에 자주 등장하는 친근한 인물이
다. 해 질 녘에 나무꾼의 노래가 들려온다. 나무꾼의
노래는 초부가(樵夫歌)라고 하는데, 대개는 신세를 탄
식하는 소리가 많다. 송아지를 탄 두셋의 아이는 집으
로 돌아가는데, 아직도 나무꾼의 일은 끝나지 않았다.

배고파 꼬르륵대고 추위는 사무치는데
눈 쌓인 절벽에는 마른 땔감 주울 곳 없네.
땔감이 귀한 것을 이상타 생각말길.
산속에 안 와보면 확실히 모르리라.

—

飢火燒腸凍逼肌 (기화소장동핍기)

雪崖無處拾枯枝 (설애무처습고지)

請君莫怪薪如桂 (청군막괴신여계)

不到山中定不知 (부도산중정부지)

_ **김이만**(金履萬), 「**나무꾼 아이**(樵童)」

　어린 나이에 감당키 힘든 노동도 하나의 놀이로 받아들이는 천진난만한 모습을 그리거나, 혹독한 노동에 방치된 아이를 향한 연민의 시선을 드러내기도 한다. 배가 고파 뱃속에서 천둥이 치고 추위는 뼛속까지 스며든다. 당장이라도 집에 돌아가고픈 생각이 간절하지만 그럴 수는 없으니 부지런히 땔감을 모을 수밖에 없다. 허나 천지에 눈이 가득 쌓여서 쓸 만한 땔감이 눈에 띄지 않는다. 아무것도 모르는 사람은 땔감 값이 너무 비싸다고 투덜대겠지만, 한겨울 강추위에 산속에 들어가 본다면 그런 소리를 함부로 할 수는 없을 것이다.

　흰머리 노인이 등에 땔감 지고
　구부정하게 가다 넘어지고 자빠진다.

203

저물녘 사립문에 이르게 되자
발바리가 꼬리를 흔들며 오네.

—

白頭背負薪 (백두배부신)

僂行顚復蹶 (누행전부궐)

及暮到柴門 (급모도시문)

猧兒搖尾出 (와아요미출)

_ **이진백**(李震白), 「**나무꾼 노인**(樵叟)」

늙어서도 벗어나지 못하는 노동의 무게는 더더
욱 무겁기만 하다. 삶의 반전을 꿈꾸던 젊은 날의 호
기는 그대로 삶의 운명에 짓눌리어 노년의 체념으로
바뀌었다. 직립(直立)하지 못한 꿈처럼 어느새 허리는
굽었고, 평탄치 못한 삶처럼 자꾸만 넘어지고 자빠진
다. 노동의 해방을 알리는 전령처럼 발바리가 마중을
나오고, 내일의 노동을 위한 휴식은 저녁에서야 간신
히 허락되었다. 그래도 살 수 있는, 살아야 하는 희망
은 역시 피붙이에게서 찾기 마련이다.

서풍이 어찌 그리 처연하던가.

초목 누렇게 시듦 재촉하구나.

사람들이 땔나무 베러 가는데

바라보니 산 위가 시장과 같네.

겨울 한 철 입을 옷과 먹을거리는

산으로 살림 밑천 삼았지.

이른 새벽 서리, 이슬 몸에 맞았고

하루 종일 범과 표범 속에 있었지.

메고 지느라 양 어깨 붉게 상처 입고

나무 해오느라 열 손가락 벗겨졌네.

아! 저 열심히 일하는 무리들

이들은 우리 동포들이구나.

생각건대 나는 따스한 온돌에 있으면서

누워서 편히 지냈을 뿐이로구나.

마음속으로 먼저 부끄러워하니

야인이 군자 봉양함은 당연하다고 감히 말하
랴.*

불 지피는 사람에게 말을 전하니

---

* 『맹자』, 「등문공 상(滕文公上)」에 보인다. "군자가 없으면 야인(野人)을
다스릴 사람이 없고, 야인이 없으면 군자를 봉양할 사람이 없다(無君子 莫治
野人 無野人 莫養君子)."라는 것이다.

"땔감 하나라도 계수나무처럼 보아라"

—

西風一何凄 (서풍일하처)

草木催黃委 (초목최황위)

居人去刈薪 (거인거예신)

山上望如市 (산상망여시)

三冬衣與食 (삼동의여식)

以山爲生理 (이산위생리)

凌晨霜露中 (능신상로중)

及日虎豹裏 (급일호표리)

擔負賴兩肩 (담부정량견)

採取禿十指 (채취독십지)

嗟彼勤勞輩 (차피근로배)

是吾同胞耳 (시오동포이)

顧我處燸堗 (고아처난돌)

偃便而已矣 (언편이이의)

中心先自愧 (중심선자괴)

敢說養君子 (감설양군자)

寄語吹火者 (기어취화자)

一介桂以視 (일개계이시)

_ 박윤묵(朴允默), 「땔나무 베기(刈薪)」

　　겨울을 나려면 땔감을 부지런히 해야 한다. 나
무를 베느라 산 위로 모여든 나무꾼으로 북적이는 모
습이 마치 저잣거리와 같다. 새벽에는 서리와 이슬
에 몸을 적실 수밖에 없고, 땔나무가 온전히 남아 있
는 좀 더 으슥한 곳을 찾으려면 호랑이와 표범을 만
날 각오 정도는 해야 한다. 고된 노동에 어깨는 짓무
르고 손가락이 벗겨지는 등 몸 중에 성한 곳이 없다.
전반부에서 나무꾼의 현실 문제를 적시하고 후반부
에는 시인 자신의 소회를 담았다. 따스한 온돌에서
편히 있는 것은 누군가의 고단한 노동 덕분이란 자각
에까지 이른다. 야인들이 군자를 봉양하는 것이 당연
하다 말해왔지만, 그들의 고초와 고생을 보니 단순히
그리 여길 것이 아니었다. 불을 지피는 아이에게 조
그마한 마들가리(잔가지 혹은 줄거리의 토막으로 된 땔나
무) 하나라도 계수나무처럼 귀히 여기라며 당부하는
말로 끝을 맺었다.
　　나무하기는 이른 새벽부터 저녁까지 장시간 이
뤄지는 고단한 노동이었다. 험한 산길에서 낙상(落傷)

할 수도 있고, 호환(虎患)에도 노출될 수밖에 없는 위험한 일이다. 아무래도 겨울에 땔감이 더 필요했기 때문에 추위와 폭설은 그들의 고생에 동반될 수밖에 없었다.

노동이 희망으로 연결되지 않는다면 그야말로 고역일 수밖에 없다. 그래도 자식은 부모를 위해, 부모는 자식을 위해 험한 일을 마다하지 않았다. 작업을 하다 얻은 품속 과일과, 집에서 기다릴 노모가 차려놓았을 따뜻한 밥상은 어둡고 늦은 귀갓길의 랜턴 불빛같이 환하게 그들을 비추어주는 희망이 되었다.

아이의 출생

내일을 살아갈 힘을 주는 존재

○ 아이가 태어난다는 것은 놀라운 체험이다. 이 때부터 자식으로만 살다가 부모가 되어 살게 된다. 기쁨은 물론이거니와 막중한 책임감도 함께 생겨난다. 아이는 나를 엄마, 아빠라고 불러주는 단 하나의 사람이다. 다른 호칭은 누구에게나 들을 수도 있지만 이 호칭은 자식이 아니면 들을 수 없다. 자식이란 세상이라는 고독하고 쓸쓸한 공간에서 진짜 내 편 하나를 얻는 일이다. 예전에는 자식의 출생을 생자(生子/아이를 낳다), 득아(得兒/아이를 얻다), 첨정(添丁)*, 세아(洗兒)** 등으로 표현했다.

＊ 첨정(添丁): 당(唐)나라 제도에 남자가 스무 살이 되면 정(丁)이라 하여 부역(賦役)에 나가야 하므로 생긴 말이다.

＊＊ 세아(洗兒): 아이가 출생한 지 3일째 되는 날 사람들을 초대하여 잔치를 베풀고 아이의 몸을 씻기는 풍습.

얻거나 잃거나 순리대로 받을 터니

아들이라 기뻐하며 딸이라 슬퍼하랴.

저 하늘이 아득한 것 아닐 것이니

끝까지 백도처럼 아들 없진 않으리라.

—

得失唯當順受之 (득실유당순수지)

生男何喜女何悲 (생남하희여하비)

彼蒼不是茫茫者 (피창불시망망자)

未必終無伯道兒 (미필종무백도아)

_ 송몽인(宋夢寅), 「딸을 낳다(生女)」

하늘이 주시는 대로 받으면 그뿐이니, 아들이
라고 기뻐할 것도 딸이라고 슬퍼할 것도 없다. 그렇
지만 딸을 낳아 서운한 마음만은 감출 수 없었던 모
양이다. 그 옛날에는 그랬다. 송몽인(1582~1612)이 정
작 하고픈 말은 3, 4구에 담겨 있다. 백도(伯道)는 진
(晉)나라 등유(鄧攸)의 자(字)이고, 백도무아(伯道無兒)
라는 고사의 주인공이다. 등유는 난리 통에 자식을
잃은 뒤로 후사가 끊어졌다. 속내는 이렇다. 지금은
딸을 낳아 조금은 아쉽지만 어차피 아들을 낳을 것이

210

니 그리 슬퍼할 일도 아니라고 스스로 위로하였다.
결국은 아들 하나만은 꼭 얻고 싶다는 말이다. 불행
하게도 그는 서른한 살에 죽었고, 끝내 아들을 볼 수
는 없었다.

아! 나는 어릴 적에 고아가 되어
슬픈 맘이 일마다 새로웠었네.
아비를 부르던 일 어제 같건만
오늘 새벽 나 또한 자식 낳았소.
이미 족히 세 식구 이뤄졌으니
도리어 이 한 몸을 얽매이누나.
이 내 속내 누구에게 말을 전할까
남몰래 눈물 흘려 두건 적시네.
—

嗟我早孤露 (차아조고로)

悲懷遇事新 (비회우사신)

呼爺如昨日 (호야여작일)

生子又今晨 (생자우금신)

已足成三口 (이족성삼구)

還敎累一身 (환교루일신)

211

衷情向誰說 (충정향수설)

暗地涕霑巾 (암지체점건)

_ 이정직(李廷稷), 「자식을 얻고서(得子有感 癸亥)」*

아이가 태어나니 그 옛날 부모 생각이 자연스
레 먼저 떠오른다. "아빠" 하고서 목놓아 불러보던
그날이 엊그제 같건만 이제 자신도 부모가 되었다.
아내와 자식을 책임져야 한다니 더욱 마음이 무거워
진다. 기쁘지만 막막하고, 답답하지만 즐겁다. 이런
저런 복잡한 속내에 눈물이 흘러내리니 기쁨의 눈물
인지 슬픔의 눈물인지 정작 본인도 알 수가 없다. 아
버지가 된 후 느끼게 된 복잡한 감정이 짧은 시 안에
서 긴 여운을 남긴다.

[1]
약아(藥兒)는 아직 젖도 못 떼었지만
배고프고 부른 것은 가릴 줄 알고

* 『조야시선』에는 계해(癸亥/육십갑자의 마지막째)라는 기록이 없지만, 『천
뢰시고』에는 계해(癸亥)라는 기록이 있다.

212

제 엄마 흉내 내며 옹알거리며
별 셋 나도 셋이라 흥얼거리네.

—

藥兒未斷乳 (약아미단유)

饑飽稍能諳 (기포초능암)

學母牙牙語 (학모아아어)

星三我亦三 (성삼아역삼)

[2]
품에 안고 어르는 걸 어찌 멈추랴
세 살인데 폴짝폴짝 뛰기도 하네.
한 번만 웃어줘도 시름 다 녹아
나에게 약이 되는 아이라 하네.

—

抱弄烏可已 (포롱오가이)

三歲能雀躍 (삼세능작약)

一笑忘煩憂 (일소망번우)

是謂吾之藥 (시위오지약)

_ 이정직(李廷稷), 「내게 약과 같은 아이(藥兒)」

1814년에 지어진 이 시에 등장하는 아이는 이정직의 둘째 아들이다. 둘째 아들 이상건(李尙健)은 조선 말기 서예가이자 문인이었던 이상적(李尙迪)의 동생이다. 이정직은 이 시를 통해 둘째 아이를 향한 애정을 한껏 드러냈다. 아이를 낳으면 무거운 책임감을 충분히 상쇄하고도 남을 행복감을 느낀다. 아이는 젖 달라 보채기도 하고, '별 하나 나 하나' 하는 엄마의 노래를 따라 제법 옹알이도 한다. 젖도 못 뗀 갓난쟁이지만 자기 할 일은 다 하는 모습이다. 둘째 수에서는 아이가 그새 훌쩍 커서 세 살이 되었다. 젖도 못 뗐지만 아이는 어느새 폴짝폴짝 뛰어다닌다. 아이가 한 번 웃어주면 나는 자지러진다. 세상의 시름과 가장의 책무 따위는 그 웃음 한 번에 다 사라지고 만다. 문득 제목이 참 인상적이다. 약아, 약이 되어 주는 아이란 뜻이다. 예나 지금이나 똑같이, 부모에게 자식은 삶을 살아갈 가장 큰 힘이 된다.

아이를 기다림

유배지에서 애타는 부모 마음

○　공자가 말하기를 "부모가 살아 계시거든 멀리 가서 놀지 말며, 놀더라도 반드시 일정한 방소가 있어야 한다(父母在 不遠遊 遊必有方)."라고 하였다. 『논어(論語)』의 제4편 「이인(里仁)」에 나오는 말이다. 자식은 부모가 계실 때에 먼 길을 떠나지 말아야 하고, 부득이하게 떠날 때에도 반드시 가는 곳을 알려드려야 한다는 것이다. 부모님의 걱정이 없게끔 해드리기 위해서다. 통신수단이 지금과 같지 않았던 예전에는 연락이 닿지 않으면 그야말로 무작정 기다릴 수밖에 없었다. 자식을 기다리는 것만큼 간절한 일도 없다. 그들은 그 기다림을 어떻게 견뎌냈을까?

새벽달 부질없이 그림자 끌고 가니
누런 국화 붉은 낙엽 정 담뿍 머금었네.

모래밭에 눈길 가도 물어볼 사람 없어
정자의 기둥마다 돌아가며 기대었네.
—

曉月空將一影行 (효월공장일영행)
黃花赤葉政含情 (황화적엽정함정)
雲沙目斷無人問 (운사목단무인문)
倚遍津樓八九楹 (의편진루팔구영)
_ 노수신(盧守愼),「13일에 벽파정에 도착하여 사람을 기다리며
(十三日到碧亭待人)」

노수신(1515~1590)은 진도에 19년 동안이나 유
배되었다. 이 시는 1565년에 지어진 것으로 추정되는
데, 이때는 그가 서울을 떠나온 지 19년이나 지나 있
었다. 제목에 나오는 벽정(碧亭)은 벽파정(碧波亭)을 뜻
한다. 노수신은 이곳을 소재로 3편의 시를 남겼다.
　　아마도 누군가가 찾아오기로 되어 있었던 것
같다. 가족일 것으로 추정된다. 새벽부터 잠이 깨어
정자를 향해 발을 옮긴다. 그 길에 보이는 국화며 낙
엽까지 모두 다 마음이 간다. 반가운 사람을 기다리
자니 사소한 모든 것이 허투루 눈에 들어오지 않았

다. 새벽 댓바람부터 왔으니 사람이 있을 턱이 없어 궁금한 게 있어도 물을 사람이 없다. 여덟 개나 아홉 개 되는 정자 기둥마다 돌아가며 몸을 기대어본다. 그렇게 해도 시간은 더디 가고 온다는 사람은 보이지 않는다. 그해 겨울에 그는 드디어 유배에서 풀려나 육지 땅을 밟게 된다.

> 흰 저고리 입은 모습 눈앞에 어른거려
> 문 나와 자주 볼 제 뉘엿뉘엿 해 기우네.
> 돌아와 슬픈 말을 많이는 하지 마렴.
> 늙은 아비 마음은 너무나 서글퍼지리니.
> ―
> 素服依依在眼前 (소복의의재안전)
> 出門頻望日西懸 (출문빈망일서현)
> 歸來愼莫多悲語 (귀래신막다비어)
> 老我心神已黯然 (노아심신이암연)
> _ 김우급(金友伋),「딸아이가 친정 오는 것을 기다리며(待女兒歸覲)」

내 딸이 멀리서 오는가 싶어 한 자리에 있지 못

하는 마음이다. 문턱이 닳도록 들락날락 하다가 어느
새 해 질 녘이 다 되었다. 딸아이는 돌아와서 무슨 이
야기를 전해줄까? 제발 기쁘고 행복한 소식만 가득하
기를 마음속으로 빌어본다. 자애로운 시댁 어른, 곰살
맞은 사위, 재롱 떠는 아이들의 이야기를 밤새 나누고
싶다. 행여나 수심 겨운 얼굴로 속상한 말들이 딸아이
입에서 나오지 않기를 바랐다. 실은 기쁘고 즐거운 이
야기만 듣고 싶다는 게 아니라, 딸에게 나쁜 일들이
더 이상 없기를 바라는 마음을 담은 셈이다.

[1]
모진 바람 산마루서 세차게 불고
빗줄기에 세찬 시내 건너기 어려우리.
여윈 말 타고 오기 얼마나 고달플까?
먼 데서 온갖 걱정 매일 끝없네.
—

怵風穿嶺頓 (겁풍천령돈)

愁雨厲川艱 (수우려천간)

羸馬行何苦 (이마행하고)

遙憂日萬端 (요우일만단)

[2]

사람을 기다림은 원래 아픈 법
더군다나 먼 곳에서 자식을 기다림에랴.
살아서 할 수 있는 건 자식 걱정뿐이니
곤궁한 처지에 아비 노릇 부끄럽네.

—

需人元自苦 (수인원자고)

竢子況天涯 (사자황천애)

生事憂兒輩 (생사우아배)

窮途愧作爺 (궁도괴작야)

[3]

궂은 비 삼 일 동안 퍼부어대서
먼 길 올 내 아이가 마음 쓰이네.
하늘의 뜻 지척에도 달라지노니
오는 길에 혹시라도 맑게 갰으면.

—

苦雨連三日 (고우련삼일)

關心遠途來 (관심원도래)

天心殊咫尺 (천심수지척)

行處或淸開 (행처혹청개)

_ 이광사(李匡師), 「아이를 기다리며(待兒行 三首)」

　이 시는 이광사(1705~1777)가 유배지에서 자식
을 기다리며 느꼈던 감회를 적은 것이다. 1756년 2월
에 영익이 다녀가고 8월에는 긍익이 오기로 했다. 그
러나 온다던 장남은 오지 않고 감감무소식이다. 모진
바람과 세찬 빗줄기에 고생하지 않는지, 변변찮은 말
때문에 골탕이나 먹지 않는지 걱정이 되어 아무것도
할 수가 없다. 기약 없는 기다림은 오직 기다림만 허
락할 뿐이다. 날씨는 근심을 몰고 오며, 상상은 불안
을 가져온다. 생각해보면 이 못난 아비 탓에 아이들
까지 이런 고생을 시키는 것 같아 죄스럽기만 하다.
게다가 삼 일 연속 그치지 않고 퍼붓는 빗줄기가 야
속하다. 날씨란 고개를 사이에 두고서도 달라지는 법
이라며 애써 위로하며, 아이가 오는 길은 맑게 갠 하
늘이기를 기도해본다.

　　날마다 오늘 온다 말을 하면서
　　집 앞 길 수도 없이 바라다보네.

어느덧 숲속이 어두워지면
그때마다 취객처럼 허물어지네.

—

日日謂當來 (일일위당래)
前途望百回 (전도망백회)
無端林色暝 (무단림색명)
每似醉人穨 (매사취인퇴)

_ 이광사(李匡師), 「아이를 기다려도 오지를 않아(待兒不至)」

    온다던 시간이 훌쩍 지났다. 이제 부아가 날 지
경이다. 아무 일도 손에 잡히지 않고 할 수 있는 건 집
앞에 나와 서성거리는 일뿐이다. 기다리다 지친 아버
지의 다잡은 마음은 자꾸만 무너져내린다. 또다시 하
루가 저물어가면 몸과 마음은 취객처럼 허물어져만
갔다.

    기다림은 고통스럽지만 상대를 향한 마음은 깊
고도 단단해지는 법이다. 자식을 기다리는 부모의 마
음처럼 간절한 것이 있을까? 약속된 시간이 되면 자
식을 만날 수 있다해도 기다림은 결코 쉽지 않은데,
연락이 끊겨 무작정 기다리는 일은 차마 못할 일이

다. 자식에게 곧바로 연락을 취할 수 없었던 예전에
는 더욱더 아이를 기다리는 마음이 간절할 수밖에 없
었다. 그렇지만 아이가 눈앞에 나타나면 그동안의 고
통스런 기다림의 순간을 한번에 보상받기에 충분했
다.

자장가

아빠를 기다리는 아이를 위한 노래

○   자장가는 아이를 잠재우기 위해 부르는 노래
다. 세계 어느 나라를 가든 전통적인 자장가가 있다.
이 사실만으로도 만국 공통 모든 부모의 가장 큰 고
민 중 하나는 아이를 재우는 일이었음을 알 수 있다.
아기는 등에 센서가 달려 있는 것처럼 눕히기만 하면
바로 깨곤 한다. 그 순간 필요한 것이 바로 자장가다.
가장 유명한 자장가로는 브람스, 모차르트, 슈베르트
의 곡 등이 있다. 아기를 달래서 잠재우기 위한 음악
이기 때문에 선율이 아름답고 평화롭다. 멜로디와 가
사 모두 우리에게 무척이나 익숙한 자장가는 한시의
소재로도 종종 등장한다. 한시에서 자장가는 어떤 모
습으로 그려졌을까?

아가야 아가야 울지 말아라.

살구꽃 울타리에 붉게 폈잖니.
살구꽃이 피어서 열매 영글면
아가야 우리 함께 따 먹자꾸나.

—

抱兒兒莫啼 (포아아막제)

杏花開籬側 (행화개리측)

花開且結子 (화개차결자)

吾與爾共食 (오여이공식)

_ **이양연**(李亮淵), 「**시골집**(村家)」

이양연(1771~1853)은 「시골집」이란 제목으로
두 편의 시를 남겼다. 이보다 앞선 작품을 보면 당시
정황을 더 잘 이해할 수 있다. "촌 할미는 치마도 두
르지 않고, 손주 안고 처마 밑에 쪼그려 있네. 손주가
손주 애빌 기다리는 건, 나무하고 가지고 올 산과일
때문(村嫗懶不裳 抱兒簷下坐 爲兒待兒爺 樵歸持山果)." 이 시 구
절을 보면, 나무 하러 간 애아빠가 돌아올 때 산에서
나는 과일을 따 오겠다고 약속한 것이 생각난 할머니
는 되는대로 대충 옷을 걸쳐 입고 처마 아래 쪼그리
고 앉아 있다. 영락없는 시골 할머니 꼴을 하고 품에

224

는 손주를 안고 있다. 아이는 아빠를 기다렸고 할머니는 아들을 기다렸다. 그러나 아이가 왜 아빠는 안 오냐며 보채기 시작한다. 할머니는 애아빠가 가져올 산과일 대신에 당장 눈에 띄는 살구꽃으로 아이의 눈을 돌려보려고 한다. 하지만 아이의 울음이 터져버렸다. 이럴 때는 잘 달래서 재우는 것이 상책이다. 할머니는 아이를 재우기 위해 자장가를 불러준다. 아이는 과연 할머니의 자장가를 듣고 쉽게 잠이 들었을까?

[1]
자장자장 자장자장
도리도리 자장자장
검둥개도 잘도 자고
흰둥개도 잘도 자네.
네가 잠을 아니 자면
내 마음이 타들어가네.
우리 아가 자장자장.

—

眠眠眠 (면면면)

咄爾眠 (돌이면)

烏猋眠 (오방면)

白猋眠 (백방면)

爾不眠 (이불면)

我心煎 (아심전)

我兒眠 (아아면)

[2]
자장자장 자장자장
도리도리 자장자장
오경도 지나갔고
또 삼경도 지나갔네.
네가 믿지 못한다면
시계 소리 들어보렴.
우리 아가 자장자장.

—

眠眠眠 (면면면)

咄爾眠 (돌이면)

五更盡 (오경진)

又三更 (우삼경)

爾不信 (이불신)

聞更聲 (문경성)

我兒眠 (아아면)

[3]
자장자장 자장자장
도리도리 자장자장
창밖에 와 있는 건
그 무슨(호랑이) 물건이냐.
내가 너를 속였다면
서쪽에서 해 뜨리라.
우리 아가 자장자장.

—

眠眠眠 (면면면)

咄爾眠 (돌이면)

窓外來 (창외래)

有何物 (유하물)

我詐爾 (아사이)

日西出 (일서출)

我兒眠 (아아면)

[4]

자장자장 자장자장

도리도리 자장자장

엽전 한 푼 있는 것이

절반이나 귀 떨어졌네.

대추랑 밤과 배를

내일 아침 사줄 테니

우리 아가 자장자장.

—

眠眠眠 (면면면)

咄爾眠 (돌이면)

一文錢 (일문전)

半缺耳 (반결이)

棗栗梨 (조률리)

朝買市 (조매시)

我兒眠 (아아면)

[5]

자장자장 자장자장

도리도리 자장자장

228

너는 애미 없어졌고

나는 아내 없어졌네.

나를 보채 불러대며

한밤중에 울지 마렴.

우리 아가 자장자장.

—

眠眠眠 (면면면)

咄爾眠 (돌이면)

爾無母 (이무모)

我無妻 (아무처)

莫呼我 (막호아)

夜裡啼 (야리제)

我兒眠 (아아면)

_ **심익운(沈翼雲),「세간의 자장가에 부연하여 지은 노래(演俗眠**
眠曲)」

위의 시는 심익운(1734~?)이 지은 5편의 자장
가다. 한시에 자장가의 사설이 그대로 실려 있는 드
물고도 귀한 자료여서 길지만 전문을 소개한다. 이
시에 담긴 이야기는 작가 심익운의 불행한 삶에서부

터 시작된다. 그는 1760년 아버지 심일진(沈一鎭)이 저지른 파양(罷養) 사건으로 인해 정치적인 사망 선고를 받는다. 영조 시해 음모에 가담했던 심익창의 손자, 심사순의 양자로 갔던 심일진은 아들의 미래를 위해 양부에게 파양을 청한 일로 세간의 비난을 받았다. 그뿐만 아니라 심익운은 가족의 죽음이라는 가혹한 현실을 잇달아 마주하여 바깥 세상과 가정 모두에서 불운을 겪는다. 심익운은 세상을 떠난 아내를 대신해 남은 4명의 자식을 돌봐야 했으나, 그는 육아에 서툴렀다. 심익운의 슬하에 있던 2남 2녀 중 확인할 수 있는 자식으로는 아들 심낙우(沈樂愚), 심낙문(沈樂文)이고, 딸은 이종벽(李鍾璧), 남경중(南敬中)의 아내로 기록되어 있다. 위의 시에 등장하는 아이는 이 중에 한 명이다.

시는 새벽 시간대를 그리고 있다. 개들도 짖지 않고 다들 자는데 아가는 잠도 자지 않고 말똥말똥하니, 그의 속은 타들어 간다. 오경(五更/새벽 3시~5시)이 다 지나가고 있으니 그는 밤을 꼬박 새운 셈이었다. 호랑이로 겁을 주었다가 먹을 것으로 유인했다. 끝에 이르러서 그는, 자신은 아내가 없고 아이는 엄마가 없으니 동변상련인 처지임을 앞세워 아이에게 읍소한다. 재우려고 아무리 노력해도 아이를 재울 수 없는 그의 감정은 여간 복잡한 것이 아니었다. 그렇게 아내를 잃은 남편은 서글프고 구슬픈 자장가를 아이에게 계속 불러줄 뿐이었다.

할아버지

부모 잃은 아이를 곁에서 바라보며

○ 젊어서 자식을 낳았을 때는 자식에 대한 사랑을 표현하는 것도 서툴다. 그러다 세월이 흘러 손자가 태어나면 그제야 예전에 자식에게 다 못했던 사랑을 손자에게 쏟게 된다. 그래서 부자간에 갈등은 있을지 몰라도, 조손(祖孫)간에 갈등은 찾아보기 어렵다. 할아버지는 유년기를 보다 밝고 환한 색으로 기억하게 만들어준다. 내 곁에 잠시 있었지만 언제나 남아 있는 따스한 숨결 같은 존재이다.

스무 명 손주가 눈앞에 꽉 찼으니
사랑하고 미워함에 어찌 편애하는 맘 있으랴.
어여쁘다 저 아이 봄새처럼 말 막 배울 때
병든 할비 베개 옆에 두는 것 마땅하리.

二十諸孫自滿前 （이십제손자만전）

愛憎寧有我心偏 （애증녕유아심편）

憐渠始學春禽語 （연거시학춘금어）

合置阿翁病枕邊 （합치아옹병침변）

_ 김우급（金友伋）, 「장난삼아 외손녀에게 주다（戲贈外孫女）」

　　어느 손주 하나 가리지 않고 모두 다 예뻤다. 그러나 그 많던 손주 중에 유달리 정이 가는 외손녀가 있었다. 아이는 말을 막 배워서 마치 새처럼 지저귀었고, 할아버지는 병석에 누워 지냈다. 죽어가는 늙은 몸으로 살아 있는 생명이 움트는 모습을 보면서, 다시 삶의 희망을 되살려본다. 손녀의 재잘댐보다 좋은 약이 어디에 있을까?

　　[1]
　　어린 손자 겨우 막 걸음마 배워
　　나 끌고서 참외밭에 들어가누나.
　　참외 보고 가져다 제 입 가리키니
　　먹고 싶은 맘이 너무 넘쳐서이네.

233

—

稚孫纔解步 (치손재해보)

引我入瓜田 (인아입과전)

指瓜引指口 (지과인지구)

食意已油然 (식의이유연)

[2]

잠자다 갑작스레 "엄마" 찾지만

귀를 막고서 감히 듣지 않누나.

아침에 일어나 어린 계집종을 꾸짖어

"누가 이 말을 가르쳤누" 하였네.

—

睡中忽喚母 (수중홀환모)

塞耳不敢聽 (색이불감청)

起朝詰童婢 (기조힐동비)

有誰教此聲 (유수교차성)

[3]

사람들은 모두 다 손자 있지만

나 같은 이 생각하면 응당 없으리.

아비이면서 또한 어미가 되고
할아비면서 거기다 할머니 되네.

—

人皆孫子有 (인개손자유)

如我思應無 (여아사응무)

爲父亦爲母 (위부역위모)

作翁兼作姑 (작옹겸작고)

_ 노긍(盧兢), 「어린 손자(穉孫)」

조선 후기의 시인 노긍은 불행한 삶을 살았던
비운의 인물로 알려져 있다. 노긍은 1777년 사간(司
諫/조선 시대 사간원에 속한 종삼품 벼슬) 이현영(李顯永)이
상소를 올려 거벽(巨擘/대리 시험자) 네 사람 중 한 사
람으로 지목이 되어 그해 봄에 평안북도 위원(渭原)으
로 유배를 갔다. 엎친 데 덮친 격으로 유배를 떠나기
석 달 전에 부인인 청주 한씨가 세상을 뜨고, 1786년
에는 장남 노면경(盧勉敬)이, 또 노면경의 부인인 고령
신씨가 그 뒤를 따랐다. 이 시는 그러한 아픔을 겪던
시기에 지어졌다.[13]

갓 걸음마를 배운, 말도 못하는 손주 놈이 할

아버지 손을 끌고 참외밭으로 향한다. 참외를 보고
서 입에 넣는 시늉을 한다. 그렇게 놀다가 지쳐 살포
시 잠든 손주는 잠결에 "엄마" 하고 부른다. 곁에 있
던 할아버지는 그 소리를 차마 들을 수 없어 귀를 감
싼다. 어미 잃은 손자가 안쓰러워서 견딜 수가 없어
서였다. 다음 날 아침, 손자에게 엄마란 말을 가르쳤
다고 애꿎은 계집종을 타박한다. 마지막 구절에 그는
손자에게 아비이자 어미, 할아버지이자 할머니가 되
어야 하는 자신의 처지를 통해 깊은 슬픔을 녹였다.
아내와 자식 내외가 모두 세상을 떠나버린 그 기막힌
심정이 이 시에 고스란히 담겨 있다. 견디기 어려운
일을 너무 많이 겪어서인지 노긍은, 몇 년 뒤인 1790
년에 54세의 나이로 세상을 뜬다.

　　지난해엔 뒷밭에 놀러갔다가
　　넌 풀섶에서 배를 주었더랬지.
　　수건으로 닦아서 내게 준 것을
　　나는 또 손자에게 주었더니라.
　　—

　　去年遊後圃 (거년유후포)

236

君得草間梨 (군득초간리)

手巾拭與我 (수건식여아)

我以與孫兒 (아이여손아)

_ **이양연**(李亮淵),「**동산에서 감회가 있어서**(園中有感)」

뒷동산에 삼대가 소풍을 간다. 아들은 냉큼 배를 따서 수건에 쓱쓱 닦아 아비에게 전해주었고, 아비는 배를 양보하며 다시 손자에게 전해주었다. 그러나 이 아무것도 아닌 것 같은 풍경은 다시는 재현될 수 없는 슬픈 기억으로만 남게 되었다.

이양연이 이 시를 쓸 때 아내와 둘째 아들은 이미 이 세상 사람이 아니었다. 동산은 옛 동산 그대로인데 아들이 세상을 떠나면서 전혀 다른 낯선 공간으로 변해버렸다. 할아버지는 자식을 잃고 손자는 아비를 잃었다.

천연두

가족을 잃은 슬픔

○　천연두는 발병 후 통상 여섯 단계를 거친다. 처음엔 열이 나고(초열/初熱), 두창의 반점이 솟아나며(출두/出痘), 부풀어 오르고(기창/起脹), 고름이 차며(당농/貫膿), 딱지가 앉고(수염/收黶), 딱지가 떨어지는(낙가/落痂) 과정을 겪는데, 각 과정 당 삼 일이 걸린다. 통상 15일에서 20일이면 생사가 결정이 난다. 마땅한 치료법이 있는 것도 아니어서 확진 이후에는 기원(祈願)하는 수밖에 없었고, 다행히 생명을 건지더라도 고열로 실명하거나 곰보가 되기 십상이었다. 자신의 목숨을 그저 하늘에 맡길 수밖에 없는 슬픈 병, 천연두는 그렇게 사람들에게 금기가 됐다.

　　5살 때 천연두로 요절한 건 성영이었는데
　　맹경이가 이제 어찌 5살에 천연두 앓게 됐나.

어슴푸레한 느낌이 마음에서 일어나
모습이 눈앞에서 어른대는 것 같네.
성영은 깨끗한 얼굴에다 고상함 겸하였고
맹경은 총명하고 효성을 다하였네.
창자가 만일 앎이 있다면 다 찢어졌을 것이니
파협에서 창자 끊어지는 원숭이 소리 듣지
말라.

─

五齡痘夭女星英 (오령두요여성영)

孟敬今胡痘五齡 (맹경금호두오령)

怳爾感從心上起 (황이감종심상기)

宛然形在眼中行 (완연형재안중행)

星乎氷雪兼蘭蕙 (성호빙설겸난혜)

敬也聰明儘孝誠 (경야총명진효성)

腸若有知應裂盡 (장약유지응렬진)

莫聽巴峽斷猿聲 (막청파협단원성)

_ 이서(李漵), 「내가 22살 때 천연두로 5살 된 딸 성영을 잃고,

지금 43살에 또 천연두로 5살 딸 맹경을 잃었으니 괴이하도다.

아이들을 위해서 시 한 수를 지어 서글픈 심정을 기록한다(余

二十二時 以痘喪五歲女星英 今四十三 又以痘亦喪五歲女孟敬 恠哉 爲作

천연두에 얽힌 기구한 사연도 적지 않았다. 특히 같은 병으로 여러 자식을 한 번에 잃거나 혹은 여러 해에 걸쳐 자식 여럿을 잃은 사람의 사연이 많았다. 이서의 시에서도 청년 시절에 겪은 참척(慘慽/자손이 부모나 조부모보다 먼저 죽는 일)의 아픔과 21년 후에 재현된 상황을 그렸다. 중년에 겪는 아픔은 22살에 겪었던 참척의 아픔을 만나 더 큰 슬픔을 일으켰다. 이런 기구한 운명이 또 어디 있을까. 20년 터울의 두 딸이 같은 병에 걸려 같은 나이에 세상을 떠났다니. 말 그대로 단장(斷腸), 창자가 끊어지는 듯한 애끓는 아픔이었다.

집에는 약초밭과 꽃밭이 있었기에
살던 곳 어디든지 늘 따라다녔었지.
마음 아파 차마 책을 펼칠 수 없던 것은
그 옛날 책 말릴 때 책 주던 너 기억나서지.
—

藥圃花園屋左右 (약포화원옥좌우)

240

閒居何處不從行 (한거하처부종행)

傷心未忍開書帙 (상심미인개서질)

曬日他時憶爾擎 (쇄일타시억이경)

_ 심익운(沈翼雲), 「딸아이를 잃은 후에 처음으로 호숫가에 나오니 슬픈 마음이 매우 깊어 시를 써서 기록한다(喪兒後 初出湖上 悲悼殊甚 詩以志之)」

위의 시는 천연두를 앓다가 세상을 떠난 셋째 딸 작덕(芍德)을 그리며 쓴 심익운의 시 5편 중 한 편이다. 작덕이 1762년 2월에 세상을 뜨고, 4월에 처음 바깥출입을 하여 서호(西湖/지금의 마포)의 집에서 쓴 글14이라고 하니, 그의 상심이 얼마나 컸는지 짐작할 수 있다. 집안 어디를 가든 자신의 품을 맴돌던 아이와의 추억이 가득하다. 마음을 가라앉히려 책을 펴면 아이와 포쇄(曝曬/책을 햇빛에 말리거나 바람을 쐬어서 습기를 제거하는 일)하던 기억이 떠올라 마음이 괴롭다.

작은애 말 배워도 기쁘지 않았었고
큰아이 글 배워도 미덥지 않았었지.
완두창 앓고 나자 골격이 변하여서

오늘에야 의젓하게 두 아들 있게 됐네.

내가 두 아들에게 큰 덕을 밝히게 하여

상감을 보좌해서 일할 수 있게 하리.

—

小兒學語君莫喜 (소아학어군막희)

大兒學字君莫恃 (대아학자군막시)

豌豆瘡成骨格變 (완두창성골격변)

今日居然有二子 (금일거연유이자)

吾令二子昭大德 (오령이자소대덕)

擎天捧日隨所使 (경천봉일수소사)

　＿ **정약용**, 「**완두가**(豌豆歌)」*

　정약용의 인생은 천연두와의 사투라 해도 과언
이 아니다. 가족뿐 아니라 자신도 역시 천연두의 피
해자였다. 그는 2살에 완두창(豌豆瘡)을 앓고 7살에 천
연두를 앓으면서 오른쪽 눈썹 위에 생긴 흔적으로 눈
썹이 세 개로 나눠지자 스스로 호를 삼미자(三眉子)라

---

*　정약용의 「완두가(豌豆歌)」에는 '이때 두 아이가 천연두를 잘 넘겼다
(豌豆歌 時兩兒痘完)'는 내용이 담겼다.

고 했다. 10세 이전의 저작을 모은 『삼미자집(三眉子集)』이 있었다고 하나 현재는 전해지지 않는다.

다산은 풍산 홍씨(豐山 洪氏) 사이에 6남 3녀를 낳았지만 정학연(丁學淵), 정학유(丁學游), 윤창모(尹昌模)의 아내 등 2남 1녀만이 생존하고 나머지 자식은 모두 요절했다. 요절한 6명의 자식 중 5명이 천연두에 걸려 세상을 떠났다. 정약용은 그중 4명의 죽음을 애도하는 글을 남겼다.[15] 세상에 모르는 것이 없었던 아버지는 천연두에 걸려 죽어가는 자식들을 보면서 아무것도 할 수 없었으니, 그 속죄의 마음에서였을까. 정약용은 천연두 치료법을 하나둘 모아 책으로 엮었다. 그 책인 『마과회통(麻科會通)』은 우리나라 천연두 치료법 연구의 최고봉이라는 평을 받게 된다. 뛰어난 업적 뒤에 가려져 있던 다산의 슬픈 사연이 그가 쓴 한시에 고스란히 담겨 있다. 그 바람이 하늘에 닿았는지 그의 두 아들은 무사히 천연두를 이겨내고 살아남았다.

거지

기근에 스러진 사람들

○ 거지는 남에게 금품이나 음식을 빌어먹고 사는 사람을 이른다. 비렁뱅이, 걸인(乞人), 동냥치, 걸뱅이 등으로도 부른다. 거지를 다룬 전기(傳記)도 있었는데, 허균(許筠)의 「장생전(蔣生傳)」과 성대중(成大中)의 「개수전(丐帥傳)」, 이용휴(李用休)의 「해서개자(海西丐者)」 등이다. 연암 박지원도 「사약행(司鑰行)」이란 장편 칠언고시를 남겼는데, 조선 후기 영조 때 액정서(掖庭署/조선 시대 내시부에 속하여 왕명의 전달 및 궁궐 관리를 담당했던 관아)의 사약(司鑰/각 문의 열쇠를 보관하는 일을 맡아보던 정육품 잡직) 벼슬을 지냈던 어느 거지의 일생을 노래하고 있다. 이렇듯 거지는 한시에 종종 등장해 숨은 이야기를 펼치는 역할을 했다. 그렇다면 먼 옛날 거지들의 삶에는 어떤 내용이 담겨 있을까?

복숭아꽃 활짝 폈고 새들은 우짖는데
수곽*에 해가 질 때 밥 짓는 연기 나네.
온종일 빈 표주박 오직 손에 있었는데
말없이 문 보면서 남몰래 울음 삼켰네.

—

桃花灼灼鳥嚶嚶 (도화작작조앵앵)

水郭斜陽煙火生 (수곽사양연화생)

盡日空瓢惟在手 (진일공표유재수)

望門無語暗呑聲 (망문무어암탄성)

_ 권구(權榘), 「귀촌의 길 위에서 떠돌이 거지가 시골집 문 밖에
서 방황하고 있었으니, 그 모습이 가련하게 여길 만하였다(신축
년에 지음)(龜村路上 見流丐彷徨村家門外 其狀可憐(辛丑))」

꽃이 피고 새들이 우는 봄날의 따사로운 정경
이다. 해 질 녘이 되자 집집마다 밥을 짓는 연기가 피
어오른다. 예사로운 일상은 지루한 듯 보인다. 그 일
상이 깨지면 그것이 행복이라는 걸 그제야 깨닫게 된
다. 이런 풍경에 소외된 떠돌이 거지가 있었다. 누구

---

*   수곽(水郭): 물가에 있는 성곽.

245

하나 도와주지 않아 음식이 담겨 있어야 할 그릇은 텅 비어 있다. 하루 종일 수많은 거절에 체념했는지, 어떤 문 앞에서 차마 도움을 청하지 못하고 소리를 삼켜가며 눈물만 흘린다.

터진 전대와 누더기 옷으로 문턱에 서 있는데
온통 검은 얼굴에다 입으로 말이 없네.
만 권이나 읽었던들 어디에다 쓰겠는가.
백성을 배부르고 따뜻하게 하지도 못하는데.
—

破橐鶉衣立巷門 (파탁순의립항문)

滿顔黎黑口無言 (만안려흑구무언)

讀書萬卷知何用 (독서만권지하용)

未使斯民躋飽溫 (미사사민제포온)

_ 김만영(金萬英), 「기해년에 크게 흉년이 들어서 빌어먹는 백성
이 길에 꽉 찼으니 느낀 바가 있어서 짓다(己亥大饑 丏民盈路 感而
有作)」

기근이 들어 길바닥에 거지들이 가득했다. 형
편없는 몰골들로, 말할 힘도 없는지 한결같이 입

을 다물고 있었다. 이때 이 시를 쓴 김만영은 36살의 젊은 나이였다. 숱한 책을 읽었지만 눈앞에 있는 참담한 현실을 당장 개선할 수 없었다. 기근은 이렇게 끝나지 않았다. 후에 한 번에 100만 명 이상 굶어 죽었던 경신 대기근(1670~1671)과 을병 대기근(1695~1699)이 기다리고 있었다.

뉘 집 딸 이집 저집 걸식을 하고 있나
물어도 답도 않고 다만 그저 훌쩍이네.
얼굴은 시커멓고 머리털 헝클어져
대낮에 나찰귀라도 출현한 것 같았네.
쓸쓸한 맨손에는 표주박도 없었으니
하루 종일 얻은 것은 얼마나 되겠는가.
저 깊은 규방에서 어여쁠 때 생각해보면
어찌 영락하여 썩은 풀 따를 줄 알았겠나.
가련타 삼 년 동안 크게 흉년 들었으니
백성 절반이나 떠도느라 고생했네.
이 늙은이 이런 일에 가슴이 메여오니
어데서 한 잔 술로 답답한 속 적시리오.
원컨대 정협이 그려놓은 유민도에다

이 여인도 같이 그려 임금께 바치리오.

—

沿門乞食誰家女 (연문걸식수가녀)

問之不應但長晞 (문지불응단장희)

面貌黧黑髮鬆鬆 (면모려흑발봉송)

白晝現出羅刹鬼 (백주현출라찰귀)

伶俜赤手瓢也無 (영빙적수표야무)

終日所得能復幾 (종일소득능부기)

想渠深閨婉孌時 (상거심규완련시)

豈知零落隨腐卉 (기지령락수부훼)

可憐三歲大無年 (가련삼세대무년)

蒼生太半困瑣尾 (창생태반곤쇄미)

老夫對此氣塡胷 (노부대차기전흉)

安得一杯澆磊磈 (안득일배요뢰외)

願將鄭俠流民圖 (원장정협류민도)

添畫此女貢丹扆 (첨화차녀공단의)

_ 김이만(金履萬), 「여자 거지의 사연에 슬퍼하다(哀乞丐女)」

이 시는 여자 거지를 주인공으로 하고 있다. 어려운 상황일수록 노인, 어린애, 여자 등 사회적 약자들의 피해가 더 클 수밖에 없다. 거지의 모습은 대개 비슷하다. 초라한 행색에 말도 못할 만큼 넋이 빠져 있고 눈물만 흘린다. 이 시에서도 마찬가지인데 흡사 나찰의 모습 같다고 했다. 나찰은 악귀로, 사람의 피와 살을 먹는다고 한다. 이 여자도 언젠가는 누군가의 귀염을 독차지했던 예쁜 딸이었으리라. 그러나 비극은 이 여자만의 이야기가 아니라 더 슬픈 사연을 간직한 사람이 헤아릴 수 없이 많았다. 시인은 답답한 현실을 술로 잠시 달래보려 한다. 여기에 나오는 정협(鄭俠)의 〈유민도(流民圖)〉는 유래가 있는 말이다. 송(宋)나라 때 왕안석(王安石)이 신법(新法)을 시행하여 백성들에게 폐해가 심했다. 정협이 왕안석에게 여러 번 말하였으나 듣지 않았다. 그 후 정협은 유민들의 처참한 모습을 그림으로 그려 상소와 그림을 신종황제(神宗皇帝)에게 바쳤다. 신종은 이 그림을 보고 깊이 깨달아 그다음 날 신법을 혁파하고 빈민을 구제하니 큰비가 내렸다고 한다.

요즘에는 거지라는 말을 잘 사용하지 않는다. 그 대신 노숙인 또는 노숙자나 홈리스(homeless)로 불린다. 또 부랑자 또는 행려병자(行旅病者)라고 하는데,

행려병자는 노숙 행위 자체를 질병으로 경멸하는 시각이 담긴 말이다. 이들에 대한 시선은 대개 동정과 혐오 두 가지의 양극단으로 나누어진다. 현대에도 빈부 격차는 여전하며 오히려 점차 더욱 심화되고 있다. 매일 오가는 지하철 역에서, 평소 다니는 거리에서 누구나 이따금 노숙인을 마주한 경험이 있을 것이다. 그들을 어떻게 보고 있는가, 스스로 이렇게 묻는다면 우린 어떤 답을 내놓을 수 있을까?

버려진 아이

모성마저 포기하게 만든 참혹한 현실

○   부모가 모두 세상을 떠난 고아(孤兒)도 불쌍하지만16 부모에게 버림받은 아이는 더욱 불쌍했다. 조선 시대에 흉년으로 걸식하거나 버려진 아이들의 구호 방법을 규정한 법령집인 『자휼전칙(字恤典則)』에서는 3세까지의 젖먹이를 유기아(遺棄兒/부모에게 양육을 거부당하거나 방치되는 아동)로, 4세부터 10세까지의 어린아이를 행걸아(行乞兒/길에서 구걸하는 아이)로 부르며 구분하고 있다. 당시에는 유민(流民)들이 유랑 과정에서 자식을 버리는 경우가 많았다. 등에 업은 어린 자식을 주막에 버리거나, 길가에 내버리기도 했다. 심지어는 옷자락을 잡고 매달리는 예닐곱 살 아이를 나무에 묶어두고 떠나기도 했다. 부모에게도 사정이 있고 오죽하면 자식을 버릴까 싶지만, 그 어떤 것도 아이를 대신할 순 없지 않을까. 그렇게 부모에게 버림받은 아이는 세상에게 버림받은 것과 다름없었다.

아이가 둘이 함께 다니었는데
하나는 사내애 하나는 계집애
사내애는 말 배울 나이쯤 됐고
계집애는 더벅머리 늘어뜨렸네.
어미 잃고 통곡하며
저 갈림길에 있었기에
붙들고서 물었더니
목이 메어 더듬더듬 말하였네.
"아빠는 진작 집 떠났고
엄마는 짝 잃은 새 같았지요.
쌀독이 벌써 바닥나서
사흘 쫄쫄 굶고나자
엄마랑 저와 함께 울어서
두 뺨에는 눈물 콧물 범벅이었죠.
동생은 젖 달라고 울었지만
엄마 젖도 말라붙었지요.
엄마가 내 손을 잡고서
젖먹이 동생과 함께
저기 있는 산마을에 가서
구걸하여 우리를 먹였어요.

물가 시장 데려가서는
엿도 사서 제게 먹이고는
고갯길에 데려와서는
사슴새끼처럼 동생 안자
동생 이미 곯아 떨어졌고
나도 죽은 듯 잠들었다가
깨고 나서 살펴보니
엄마가 거기 없었어요.”
말하다가 울어대니
눈물 콧물 범벅이네.
해가 져서 어두워지면
새들도 무리지어 깃들 곳 찾건만
떠도는 오누이는
찾아들 집이 없네.
(하략)

—

有兒雙行 (유아쌍행)

一角一羈 (일각일기)

角者學語 (각자학어)

羈者髫垂 (기자초수)

253

失母而號 (실모이호)

于彼叉岐 (우피차기)

執而問故 (집이문고)

嗚咽言遲 (오열언지)

曰父旣流 (왈부기류)

母如覉雌 (모여기자)

甁之旣罄 (병지기경)

三日不炊 (삼일불취)

母與我泣 (모여아읍)

涕泗交頤 (체사교이)

兒啼索乳 (아제색유)

乳則枯萎 (유즉고위)

母携我手 (모휴아수)

及此乳兒 (급차유아)

適彼山村 (적피산촌)

丏而飼之 (개이사지)

携至水市 (휴지수시)

啖我以飴 (담아이이)

携至道越 (휴지도월)

抱兒如麛 (포아여미)

254

兒旣睡熟 (아기수숙)

我亦如尸 (아역여시)

旣覺而視 (기각이시)

母不在斯 (모부재사)

且言且哭 (차언차곡)

涕泗漣洏 (체사련이)

日暮天黑 (일모천흑)

栖鳥群蜚 (서조군비)

二兒伶俜 (이아령빙)

無門可闚 (무문가규)

_ 정약용(丁若鏞), 「**가엾은 오누이**. 흉년을 걱정한 시로, 남편은 아내를 버리고, 엄마는 자식을 버린다. 길거리에는 7세 계집애가 자기 동생을 데리고 방황하면서 엄마를 잃어버렸다며 엉엉 울고 있었다(**有兒**(閔荒也 夫棄其妻 母棄其子 有七歲女子 携其弟彷徨街路 哭其失母焉))」

위의 시는 정약용이 강진 부근의 백성들이 겪은 고충을 보고한 「전간기사(田間紀事)」 6편 가운데 여섯 번째 작품이다. 7살 여자애가 그보다 훨씬 어린 남동생과 갈림길에서 얼이 빠져 울고 있었다. 그들에게는 무슨 사연이 있을까? 여자애의 이야기를 들어

보면, 아빠는 진작 떠나버리고 엄마가 홀로 오누이를 키웠다. 형편은 점점 더 안 좋아져서 사흘 동안 굶는 지경이 되었다. 나오라는 엄마의 젖은 나오지 않고 애먼 눈물만 나왔다. 엄마는 무언가 결심을 한다. 아마도 아이들을 자신이 데리고 있다가는 다 함께 죽겠다 싶었을 것이다. 아이들만 남겨두면 측은한 마음에 도와주는 사람이 있을 수도 있겠다 생각했으리라. 최후의 만찬처럼 엄마는 아이에게 구걸한 음식을 먹이고 엿도 사주었다. 사슴이 새끼 품듯 마지막으로 자신의 품에 아이들을 품어 재웠다. 아침에 아이들이 눈을 떴을 때 엄마는 이미 떠나고 없었다. 극빈(極貧)은 이렇게 부모 자식의 사이마저 끊어버렸다. 이 시를 통해 모성의 상실을 비판하기보다는 모성마저 포기하게 만든 현실의 잔인함에, 우리는 더 주목해야 한다.

자식을 버리는 일은 어느 시절에나 있었다. 이규보의 「길에 버린 아이(路上棄兒)」에서는 "금년에 흉년 들어 굶주린다 하더라도, 어린 자식 먹어봐야 몇 술이나 먹겠는가. 하루아침에 모자 사이 원수가 되었으니 각박한 세상인심 이제야 알 만하네(若曰今年稍歉飢

提孩能喫幾多匙 母兒一旦成讐敵 世薄民漓已可知)."라 했고, 남
효온의 「늙은이가 손자를 버린 노래(老夫棄兒孫行)」에
서는 "금년 가뭄 천리 땅 불태워서는 닭과 개까지 재
앙 미치었더니, 궁한 노인 골수조차 말라버려서 손자
있어도 함께 살 수 없네. 으슥한 골목에다 내버려두
어, 제 마음껏 떠돌도록 하네(今年赤千里 禍及鷄狗愁 窮老骨
髓乾 有孫不得留 棄置窮巷中 聽汝任浮遊)." 라 하였다.

　　요즘도 자식을 버리는 일은 심심치 않게 일어
난다. 부모에게 버림받은 아이보다 더 불쌍한 존재는
어디에도 없을 것이다. 부모에게 버림받았다는 것은
곧 세상에게 버림받았다는 말과 같았기에, 아이들은
평생 지울 수 없는 상처를 입는다. 부모의 사연이 무
엇이든 자식을 버리는 일은 예나 지금이나 용서받지
못할 일이다.

옛집

지난 추억을 그리워하다

○   한시에는 옛집을 찾았다가 느끼는 감회를 담아
낸 작품이 적지 않다. 옛날 살던 집에서는 추억을 떠
올리고, 다른 이의 옛집에서는 숨어 있는 사연을 읽
어냈으며 권세가의 옛집에서는 권력의 무상함을 떠
올렸다. 지금도 남아 있지만 어쩌면 남아 있지 않은
곳, 바로 옛집이다.

기장 밭에 묻혀버린 옛날의 집터
쌓인 돌엔 그을음 여태도 검다.
그 옛날 하루해가 저물 적에는
어머님은 창 밑에서 길쌈을 했네.
—

古壚禾黍中 (고허화서중)

堆石煤猶黑 (퇴석매요흑)

昔日日斜時 (석일일사시)

阿孃窓下織 (아양창하직)

_ **이양연**(李亮淵), 「**오주의 옛집터**(梧州舊居)」

    이 시의 작가 이양연은 어릴 때 살던 옛집터를
아주 오랜만에 찾게 되었다. 기장이 웃자라 집터를
덮고 있어서 옛집이 맞는지 긴가민가하다가, 부뚜막
이었을 돌에 남긴 그을음 자국을 보고서 그제야 옛집
인 줄 알아차렸다. 어머니는 그 집에서 하루해가 뉘
엿뉘엿 저물 때까지 길쌈을 했다. 추억은 부재한 것
의 부스러기들이지만, 현존하는 것보다 더 강하게 추
억 속으로 견인한다. 그는 옛집에서 무슨 생각을 했
을까? 다시 돌아갈 수 없는 유년기에 서려 있는 포근
한 어머니의 음성과 품속을 떠올렸을지도 모른다. 그
는 집터만이 남아 있는 옛집에서 한참을 머물러 있었
으리라.

    큰 길 가 멋진 저택 홰나무 그늘 짙어
    솟을대문 마땅히 자손 위해 세웠으리.
    몇 년 사이 주인 바뀌어 수레 말 찾지 않고

길 가던 행인만이 비 피해 찾아오네.

—

甲第當街蔭綠槐 (갑제당가음녹괴)

高門應爲子孫開 (고문응위자손개)

年來易主無車馬 (연래역주무거마)

唯有行人避雨來 (유유행인피우내)

　_ 이곡(李穀), 「길가다가 비를 피하며 느낌이 있어(途中避雨有感)」

이 시의 작가 이곡(1298~1351)은 갑작스레 쏟아
져 내리는 비를 피하기 위해 어느 저택 언저리에 머
물게 되었다. 누구의 집인지 밝히지는 않았지만 커다
란 홰나무와 높다란 솟을대문이, 주인이 예사로운 사
람이 아니라는 걸 증명해준다. 특히 홰나무는 정승을
상징하는 나무다. 아마도 집주인은 후손 중에 정승이
나오길 바라며 뜰 안에 홰나무를 심었을 것이다. 권
세 있는 집주인이 있을 때는 집에 중뿔나게 사람들이
들락날락 했을 테지만, 집주인이 바뀌고 나서는 우연
히 비를 피해 머무는 장소가 되어버리고 말았다.

옛집을 소재로 한 한시는 많이 남아 있다. 최경
창(崔慶昌)은 「대은암에 있는 남지정의 옛집(大隱巖南止

亭故宅)」이라는 한시에서 남곤*(南袞)의 옛집을 보고서 잘못된 처신으로 오명을 남기고 떠난 그의 선택을 비판했고, 박영(朴泳)은 「낙산왕자의 옛집(洛山王子舊第)」에서 옛날 왕자님이 살던 집터가 꼬맹이들 놀이터가 되어버린 일을 탄식하며 시를 썼다. 이렇듯 한시 속 옛집은 부귀영화가 얼마나 허망한지를 말해주고 있다.

> 헤진 수건 낡은 경대 뉘엿뉘엿 해 지는데
> 널 하나가 적막하니 울어댄들 뉘 들을까.
> 빈 뜰에 쌓인 눈엔 발자국이 없는데
> 천 리 밖 그대 낭군 이제야 도착했소.
>
> ─
>
> 敗帨殘奩日欲曛 (패세잔렴일욕훈)
> 一棺冥寂叫何聞 (일관명적규하문)
> 虛庭積雪無人跡 (허정적설무인적)
> 千里阿郎始到門 (천리아랑시도문)
>
> _ 채제공(蔡濟恭), 「옛집에 도착하다(到舊第)」

---

* 조선 전기의 문신으로, 1519년 기묘사화를 일으켜 선비를 죽인 일로 많은 비판을 받았다.

채제공(1720~1799)은 1750년(당시 31세) 가을, 경상도 병산에 내려와 있었다. 이듬해 1월 폭설이 내린 어느 날에는 아내의 비보(悲報)를 접하게 된다. 아내는 아이를 낳고 산후 후유증으로 돌연 세상을 떠났다. 한달음에 달려갔지만 폭설이 내려 가는 길은 쉽지 않았다. 낮에는 눈 속에 발목이 잡혔고, 밤에는 꿈속에서 아내를 만나 옛 기억에 빠졌다. 어렵게 도착한 집은 더 이상 자신이 살던 예전의 그 집이 아니었다. 아내가 썼던 물건들은 벌써 주인을 잃고 수택(手澤)만 남아 있었고, 널 하나만이 덩그란히 있었다. 추상적인 아픔이 생생한 현실로 다가왔다. 그간 함께 살던 집을 옛집이라 제목 붙였다. 아내가 없는 집은 짧은 순간에 돌연 옛집으로 바뀌어버리고, 함께한 기억은 추억이 되어버렸다.

위의 이양연, 이곡, 채제공의 시가 보여주는 것처럼 '옛집'은 참 많은 사연을 지니고 있다. 사람이라면 누구나 자신이 살던 집에 관한 추억을 가지고 있다. 그래서 옛집 앞에 서면 추억에 잠길 수밖에 없다. 예전에 그 집에서 아팠거나 즐거웠던 기억들이 하나하나 스쳐간다. 지금은 자신의 것이 아닌 다른 이의 기억이 채워진 공간이기에, 다시 그 집 문을 열고 들어갈 수는 없다. 만약에 옛집에 함께 살았던 사람이 더 이상 내 곁에 없다면 그 마음은 더욱 아프다. 그대로 있지만 더 이상 남아 있지 않은 집, 바로 옛집이다.

노부부

역경을 함께 이겨내다

○   부부가 한평생 함께하는 일은 쉽지 않다. 해로
(偕老)는 함께 늙어갔다는 말이니, 그 표현을 쓸 수 있
다는 것만으로도 그들의 성실과 인내가 증명된다. 해
로한 부부는 서로를 애틋하고 측은하게 여기며 얼마
남지 않은 모든 시간, 모든 순간을 함께한다. 노년의
눅진한 사랑은 서정주의 「내 늙은 아내」, 김광균의
「목상(木像)」, 황지우의 「늙어가는 아내에게」처럼 많
은 현대시에 남아 있다. 그렇다면 한시에서는 노부부
를 어떻게 그리고 있을까?

한 그루 늙은 버들 두어 서까래 집에
머리 하얀 영감 할멈 둘이 다 쓸쓸하네.
석 자가 아니 되는 시냇가 길 못 넘고서
옥수수 가을바람 칠십 년 살았다오.

264

一

禿柳一株屋數椽 (독류일주옥수연)

翁婆白髮兩蕭然 (옹파백발양소연)

未過三尺溪邊路 (미과삼척계변로)

玉蜀西風七十年 (옥촉서풍칠십년)

_ 김정희(金正喜), 「시골집의 벽에 쓰다(題村舍壁 竝序)」

    옥수수밭 가운데 집에는 늙은 영감 할멈이 오
손도손 지낸다. 그래서 영감 나이가 몇이나 되었느냐
물었더니 일흔 살이라 한다. 서울에 올라갔었느냐 하
니 일찍이 관에는 들어가본 적이 없다고 했다. 무얼
먹고 사는가 하고 물으니 옥수수를 먹는다고 했다.
나는 남북으로 떠다니며 비바람에 휘날리던 신세라
영감을 보니 나도 모르게 망연자실하였다.[17]

    위의 시와 해설의 내용처럼 늙은 아내를 다룬
한시는 유배지에서 집필된 것이 많다. 아무것도 해줄
수 없는 남편은 아내를 생각하면 슬프고 미안하다.
이 시를 쓴 추사 김정희(1786~1856)는 유배지에서 우
연히 시골 사는 노부부를 만나게 됐다. 그들은 한양
에 가본 적도 없고, 먹을 것이라곤 옥수수뿐이었다.

행복할 일이 없어 보였지만 행복해 보였다. 김정희는 불현듯 유배를 온 것이 자신의 욕망과 욕심 때문이었다는 걸 그들의 모습을 보며 깨닫게 된다. 아무 욕심 없이 부부가 함께 늙어간다는 것이 행복의 다른 이름이라는 것도 알게 되었다.

> 한사(寒士)의 마누라는 약한 나라 신하 같아
> 이미 기구한 운명을 평생토록 이르게 했네.
> 노고도 아픈 데도 많지만 고칠 의술 없으니
> 조물주의 생사 주관 한결같이 따르리라.
>
> ―
>
> 寒士妻如弱國臣 (한사처여약국신)
> 已敎窮命到終身 (이교궁명도종신)
> 多勞多病醫無術 (다로다병의무술)
> 一聽化翁生死人 (일청화옹생사인)
> _ 조병덕(趙秉悳), 「늙은 아내가 병들어 누워 있어서(老妻病卧吟三首)」

질병은 가난보다 더 가혹하다. 가난은 노력 여하에 따라 벗어날 수 있다지만 질병은 자신의 의지

를 떠나 불가항력적인 경우가 더 많기 때문이다. 가
난한 처지인 자신의 아내를 약소국의 신하에 빗대어
절망감의 깊이를 더했다. 세 수의 연작시인데 나머지
시에서도 시인의 자책이 주를 이룬다. 노년의 아내를
다룬 시들은 연작시나 장시 또는 율시가 상대적으로
많은 숫자를 차지하고 있다. 절구시로는 주로 늙은
아내에 대한 소묘(素描)를 그릴 수는 있지만, 아내를
향한 핍진한 정을 표현하기에는 한계가 있기 때문이
다. 이 시에는 아내의 질병에 대한 안쓰러움과 자책,
순명의 자세를 담았다.

인생의 부부란 건 천륜의 중함인데
늙어서 의지하니 이보다 친함 없네.
한 번 죽음 비록 한날 죽기는 어렵지만
이별 뒤 홀몸으로 남는 것 어찌 견디랴.
—

人生夫婦重天倫 (인생부부중천륜)

到老相依此莫親 (도로상의차막친)

一死縱難同一日 (일사종난동일일)

那堪別後獨留身 (나감별후독류신)

늙은 아내, 정부인 진주 김씨가 세상을 떠났다. 결혼한 정과 한 몸이 된 의리가 51년째 되는 해이다. 아들 셋이 있고 손자 다섯이 있으니 무슨 남은 원망이 있겠는가. 하지만 만약 시를 지어 위로를 한다면 비록 천 수나 만 수의 시를 짓더라도 오히려 한스러움을 다할 수는 없다. 종질(從姪/사촌 형제의 아들) 동직(東稷)이 먼저 세 편의 절구를 보내서 혼자 있는 회포를 위로했다. 그러므로 좋지 않은 감정을 누르고 붓을 달려 화답을 하고 멈추었다.[18]

신학조(1807~1876)의 유별난 아내 사랑은 여러 시에 남아 있다.[19] 제목은 아내에 대한 사랑만큼이나 길고 애달프다. 남들이 여한 없이 잘 살다가 세상을 떠났으니 복을 받은 삶이라 입찬소리를 할지 몰라도 당사자에게는 그저 아내가 죽은 것이 슬플 뿐이다. 아내의 죽음에 천 수나 만 수의 시를 짓더라도 모자람이 있다는 말에서 깊이를 알기 어려운 아내 사랑을 느낄 수 있다. 같은 날에 함께 죽자던 허망한 약속을 뒤로 하고, 혼자 남겨져 의지할 곳이 없게 된 막막한 심정을 시로 담아냈다.

　한 남자와 여자가 강렬한 끌림과 열정으로 부부로 맺어지지만, 사는 내내 언제나 그만큼의 사랑을 유지하며 살아갈 수는 없다. 서로에 대한 강렬한 자장(磁場)은 어느새 정서의 공유로 옮겨간다. 하지만 오랜 세월 희로애락을 함께 지나고 견디는 가운데 생겨나는 연대 의식과 동지애는 그 어떠한 사랑보다 서로를 끈끈하게 만들어준다. 세상이 아무리 변했다지만 그래도 부부는 여전히 아름다운 이름이고, 아내는 여전히 아픈 이름일 수밖에 없다. 세월의 모든 성상(星霜)을 겪은 노부부의 모습은 그것 자체로 인생의 훌륭한 교과서라 할 수 있다. 세상이 변해 이혼이 너무도 흔하게 되어 해로라는 말이 무색케 되었다. 죽음으로 영원히 함께할 수 있는 한시 속 노부부의 삶은 부부란 어째야 하는지 우리에게 많은 것을 시사한다.

회혼례

부부가 누릴 수 있는 가장 큰 축복

○ 회혼(回婚)은 해로한 부부가 혼인한 지 예순 돌
이 되는 것을 말하는데, 다른 말로는 회근(回巹)이라
고도 한다. 회혼은 회갑(回甲), 회방(回榜/과거에 급제한
지 예순 돌이 되는 해)과 함께 3대 경사였다. 회혼은 과
거에는 짧은 수명 탓에, 현재에는 만혼(晩婚) 탓에 경
험하기 힘들어졌다. 이래저래 하늘이 허락한 부부만
이 누릴 수 있는 축복이다.

머리 흰 부처는 고금에 드무나니
빛나는 노인성(老人星) 두 옷깃을 비추네.
잔 들어 같은 해에 태어났음 축하하고
수건 다니 옛 갑자가 돌아옴 즐겁네.
소반 과일 무르익어 선도의 유자 같고
섬돌 꽃 향기로워 수천(壽泉)의 술에 엉기었네.

검버섯 흰머리로 팔십까지 해로하길 기약하니
꽃다운 인연이 전생부터 깊었기 때문이네.

—

頭白夫妻罕古今 (두백부처한고금)

輝輝南宿映雙襟 (휘휘남숙영쌍금)

稱觴堪賀同年降 (칭상감하동년강)

懸帨方歡舊甲臨 (현세방환구갑임)

盤果爛如仙島橘 (반과란여선도귤)

階花香凝壽泉斟 (계화향응수천짐)

梨顔蒜髮期偕耋 (이안산발기해질)

祗是芳緣夙世深 (지시방연숙세심)

_ 이덕무(李德懋), 「어떤 부부의 환갑을 축하함(賀人夫婦周甲)」

어떤 부부든 고비와 시련은 있기 마련이다. 그
순간만 지혜롭게 넘긴다면 오히려 부부 사이는 그전
보다 단단해질 수도 있다. 다른 부부의 환갑이나 회혼
례를 축하하는 시들이 많다. 이런 시들은 다른 노부부
에 대한 경외와 존중을 담으면서 자기 부부를 한 번쯤
반성하는 계기도 함께 가져다준다. 위의 시는 조선 후
기 실학자이자 청나라에도 이름이 알려진 시인인 이

덕무(1741~1793)의 작품으로, 동갑내기 부부의 환갑을 맞아 축수(祝手)하며 장수를 기원하고 있다.

육십 년 세월일랑 순식간에 지났어도
복사꽃 화사한 봄빛은 신혼 때와 똑같았네.
생이별과 사별은 사람 늙기 재촉하건만
슬픔 짧고 기쁨 많아 성은에 감사하네.
이 밤에 목란사 소리는 더욱 좋고
그 옛날 『하피첩』엔 먹 자국 남아 있네.
헤어졌다 합친 것이 참으로 내 모양이니
합환주 잔 남겨서는 자손에게 물려주리.

—

六十風輪轉眼翻 (육십풍륜전안번)

稢桃春色似新婚 (농도춘색사신혼)

生離死別催人老 (생리사별최인로)

戚短歡長感主恩 (척단환장감주은)

此夜蘭詞聲更好 (차야난사성갱호)

舊時霞帔墨猶痕 (구시하피묵유흔)

剖而復合眞吾象 (부이부합진오상)

留取雙瓢付子孫 (유취쌍표부자손)

_ 정약용(丁若鏞), 「회혼시, 병신년 2월 회혼례 3일 전에 짓다(回卺詩, 丙申二月回卺前三日)」

회혼은 본인과 배우자 모두가 건강해야만 가능할 수 있으니 부부가 누릴 수 있는 가장 큰 축복이라 할 만하다. 허명신(許命申)의 「늙은 아내(老妻)」에서는 "스무 살에 내 집에 시집 와서 올해 나이가 일흔네 살 되었네. 6년을 능히 지날 수 있겠는가 없겠는가. 회혼례가 이 해에 있을 터인데(二十歸吾家 今年七十四 六年能過不 重牢此年是)."라고 하여 남은 세월 건강하게 지내고 6년 뒤에 맞을 회혼례를 기대하는 내용으로 채웠다. 또, 장재한(張在翰)은 막내아들이 죽은 뒤에 회혼례를 맞게 된 참담한 심정을 시로 남기기도 했다.[20]

정약용은 1836년 2월 22일 양주의 소내에서 세상을 떴다. 마침 부인 홍혜완(洪惠婉)과의 회혼일이었다. 결혼할 때 그는 15살이었고, 부인은 16살이었다. 18년을 떨어져 살다가 18년을 다시 함께 살았다. 「사평에서의 이별(沙坪別)」, 「나방이 나오다(蛾生)」, 「아내에게 보내다(寄內)」 등의 시에는 정약용의 부인에 대한 그리움이 잘 나타나 있다. 60년이 순식간

273

에 흘러갔어도 화사하게 핀 복사꽃은 신혼 때와 다름
없이 또 꽃망울을 터뜨렸다. 아내에 대한 마음은 60
년 전과 다름없지만 육신은 늙고 병들었다. 『하피첩』
은 1810년 아내 홍씨가 시집올 때 입었던 빛바랜 다
섯 폭 치마를 강진으로 보내와 이것으로 공책을 만들
어, 아들에게 훈계의 말을 적었던 필첩이다. 몇 해 전
3책의 『하피첩』 원본이 세상에 공개되어 알려졌다.[21]
그들의 사랑은 『하피첩』 3첩과 합환주 잔에 고스란히
남아 있었다. 다산은 이 술잔에 「회근연의 술잔에 대
한 명(回巹宴壽樽銘)」을 남겼다.

　　부부란 꼭 바르고 좋은 자질의 두 사람이 만나
는 것이 아니라, 조금 부족한 사람을 만났더라도 다
른 한 편이 끝까지 버리지 않고 견디어주는 것이 아
닐까 하는 생각이 든다. 남녀가 만나서 60년 동안 산
다는 것은 말처럼 쉽지는 않다. 그동안 참지 못할 것
도 서로 참아주었다는 의미를 담고 있다. 그런 의미
에서 회혼례는 부부에게 있어 가장 명예로운 의식이
라 할 수 있다.

기다림

오지 않는 당신을 기다리며

○   우리는 언제든 상대에게 연락할 수 있다. SNS, 전화, 이메일, 모바일 메신저 등 서로 연락할 수 있는 통로는 수없이 많아졌다. 그렇지만 우리는 예전보다 상대방과 더욱 가까워졌을까? 우리는 상대방과 끊겨 있어도 이어져 있다고 착각한다. 기다림은 고통스럽지만 자신의 마음에 상대를 깊이 뿌리내리게 한다. 지금 우리는 누군가를 간절히 기다려본 적이 얼마나 있는가?

오신다고 약속하고 어찌 늦으시나
뜰에 핀 매화도 지려 하는 이때에.
가지 위 까치 소리 갑자기 들리기에
헛되이 거울 보며 눈썹을 그린다오.
—

有約來何晚 (유약래하만)

庭梅欲謝時 (정매욕사시)

忽聞枝上鵲 (홀문지상작)

虛畵鏡中眉 (허화경중미)

_ **이옥봉**(李玉峯), 「**여인의 마음**(閨情)」

　당신은 봄이 되면 오신다더니 봄이 되어도 오
시지 않는다. 매화는 추위가 가시기 전에 폈다가 3월
이면 만개하고 이내 저버린다. 어느 꽃보다도 잠깐
피었다 빨리 진다. 꼭 당신과 나의 사랑과 닮았다. 이
제는 체념하고 포기해야 하나 생각했는데 갑자기 가
지 위에서 까치가 울어댄다. 까치가 울면 좋은 소식
이 있다는데 님이 오시는 것은 아닐까? 조용히 거울
을 보면서 눈썹을 그려본다. 그새 얼굴은 너무나 까
칠해져 있다. 당신은 오지 않을 것이나 혹시나 하는
마음에 또 한 번 기대를 건다. 이옥봉(1550~?)의 시에
등장하는 '헛되이(虛)'라는 단어에서, 스스로도 자신
의 기대가 이루어지지 않을 것이란 사실을 너무도 잘
알고 있다는 걸 확인할 수 있다.

님은 서울 계시고 전 양주에 있어서
날마다 님 생각에 누대에 올라요.
풀포기 웃자라고 버들은 시드는데
저물녘 한양 가는 강물만 보이네요.

—

君居京邑妾楊州 (군거경읍첩양주)

日日思君上翠樓 (일일사군상취루)

芳草漸多楊柳老 (방초점다양류로)

夕陽空見水西流 (석양공견수서류)

_ 최경창(崔慶昌), 「무제」

최경창(1539~1583)의 시로 알려졌으나 이 시는
제목이 없다. 그러나 내용을 음미해보면, 차마 제목
을 붙일 수 없을 만큼 많은 이야기가 담겨져 있음을
알 수 있다. 님은 서울에 있고 자신은 양주 땅에 있다.
님 생각이 간절해져 매일매일 누대를 찾는다. 혹시나
님이 오시는 순간을 놓칠까 하염없이 서울 쪽을 바라
본다. 풀포기는 그리움처럼 그새 쑥 자라 있고 버들
은 시들어서 재회의 기대를 무색케 한다. 하염없이
누대에 있다 보니 벌써 저녁이 되어버렸다. 서울 쪽

으로 흘러가는 물은 님을 볼 수 있을 것이다.

　　낭군께선 달 뜨면 오신다더니
　　달 떠도 낭군께선 아니 오시네.
　　아마도 우리 낭군 계신 곳에는
　　산이 높아 달 뜨기 더딘가 보네.
　　—

　　郎去月出來 (낭거월출래)
　　月出郎不來 (월출낭불래)
　　相應君在處 (상응군재처)
　　山高月出遲 (산고월출지)
　　_ 능운(凌雲), 「낭군을 기다리며(待郎)」

　　그대가 오신다는 시간이 훌쩍 지났다. 휘영청 달이 진작 떴건만 그대는 올 생각을 하지 않는다. 혹시나 그대가 계신 곳에는 달이 더디 떠서 그런가 짐작해본다. 아마 그대도 달을 보았을 것이 분명하다. 그대가 오지 않을 것이 확실한데도 자꾸만 그럴 만한 사정이 있으리라 헤아려본다. 기대를 담은 헛된 바람에 몸을 기댄다. 낭군은 늦게라도 찾아왔을까?

요즈음 안부가 어떠신지 묻습니다.

달빛 창가 비치노니 제 슬픔이 많답니다.

꿈속 혼이 다닌 길에 자취를 남겼다면

문 앞에 돌길 절반 모래가 됐을 테죠.

—

近來安否問如何 (근래안부문여하)

月到紗窓妾恨多 (월도사창첩한다)

若使夢魂行有跡 (약사몽혼행유적)

門前石路半成沙 (문전석로반성사)

_ **이옥봉**(李玉峯), 「**꿈속의 혼**(夢魂)」

이 시는 서녀였던 이옥봉이 쓴 것이다. 이옥봉은 남편인 조원에게 내쳐진 후 그리운 마음을 시에다 담았다. 당신은 어찌 지내는지 궁금하지만 당신에게 물을 길이 없다. 내가 슬픈 것처럼 당신도 조금은 마음이 슬프지 않을까? 매일매일 당신의 꿈만을 꾼다. 어찌나 많이 꿈속에서 당신의 집을 오고갔는지 실제라면 당신 집 앞 돌길이 모두 내 발길에 닿아서 모래가 되었을 것이다. 이 시의 애절한 사연은 후대에 수심가의 가사가 되어 입으로 전해졌다.

우리는 기다림이 없는 세상에 살고 있는지도 모른다. 이제 누군가를 진정 기다리지도 기다려주지도 않는다. 기다림은 상대를 기다리다가 그리워하다가 원망하다가 미워하다가 걱정하다가 체념하다가 다시 몸뚱이를 불려서 더욱 상대를 사무치게 기다리게 한다. 그래서 원망과 미움은 걱정과 그리움에 자리를 내어준다. 상대가 무사히만 돌아와 내 곁에 있어주기를 간절히 바라게 만든다.

친구

친구 집 앞에 이름 석 자 적어두고

○   세상의 많은 인간관계 속에 친구처럼 소중한 것도 없다. 마음에 맞는 친구가 몇 사람만 있어도 삶은 훨씬 풍성해진다. 나이가 들면서 점점 친구 수도 줄어가고 친구에 대한 기대도 사뭇 달라졌지만, 여전히 친구란 소중한 존재다. 특별한 이유가 없어도 만나서 별다른 말도 나누지 않는 친구는 얼마나 소중한가? 옛사람들도 친구를 그리워하며 기다렸다.

눈빛이 종이보다 새하얗기에
채찍 들어 내 이름 써두고 가니
바람아 부디 불어 땅 쓸지 말고
주인이 올 때까지 기다려다오.

—

雪色白於紙 (설색백어지)

擧鞭書姓字 (거편서성자)

莫敎風掃地 (막교풍소지)

好待主人至 (호대주인지)

_ **이규보**(李奎報), 「눈 내리는데 친구를 찾아갔다가 만나지 못하

고(雪中訪友人不遇)」

사전에 약속도 없이 눈 속에 말을 타고 친구를 찾아갔다. 하필 친구는 집을 비운 채 어딘가 외출을 나가고 없다. 빈집에서 얼마나 기다렸을까? 집 마당에 눈이 쌓여 마치 새하얀 캔버스처럼 변했다. 말채찍을 들어 그 새하얀 땅에 자신의 이름 석 자를 쓰고는, 바람에게 이름을 지우지 말아 달라는 헛된 부탁을 하면서 집을 떠난다. 내가 친구를 만나지 못한 것이나, 친구가 내가 온 줄 모르는 것이나 크게 개의치 않는다. 이규보는 이 시의 말미에, 내 마음에 결코 지워지지 않을 친구의 이름 석 자를 새기고 돌아왔으니 그 정도면 됐다는 여운을 남겼다.

비 개자 온 뜰에는 새 이끼 자라나고
책상에 진흙 떨어지니 어미 새끼 돌아왔네.

잡생각 그지없다 어느새 슬퍼지니

그늘에서 하루 종일 그대 오길 기다렸소.

—

一庭晴雨長新苔〔일정청우장신태〕

泥墜書床乳燕回〔니추서상유연회〕

閑思悠悠却惆悵〔한사유유각추창〕

綠陰終日待君來〔녹음종일대군래〕

_ 백광훈(白光勳), 「양천유에게 부치다(寄梁天維)」

    봄이 되면 다시 친구를 만나리란 희망 하나로
한겨울도 참아냈다. 그런데 봄비가 한차례 지나가서
이끼들은 웃자라 있고, 돌아온 제비는 둥지를 짓느라
분주하다. 이런저런 생각들이 스쳐 지나가다가 갑작
스레 서글픈 마음이 든다. 봄이 왔는데도 그대는 날
찾지 않고 있다. 온종일 그대만을 기다리다 하루가
지난다. 봄이 와도 재회를 이루지 못할 때의 실망은,
겨울 동안 버티어 냈던 격절(隔絶)의 시간보다 괴롭
다. 이 시에서 백광훈(1537~1582)은 친구를 향한 그리
움을 계절의 흐름과 자연물에 기대어 감각적으로 표
현하고 있다.

283

완성(莞城) 땅에 내리던 비 막 그치게 되자

해 질 녘 가을 산은 담백하였네.

좋은 기약 강 건너 포구에 있어

물가 구름 어우러진 곳 바라만 보네.

—

莞城雨初歇 (완성우초헐)

落日淡秋山 (낙일담추산)

佳期隔江浦 (가기격강포)

望望水雲間 (망망수운간)

_ 안민학(安敏學), 「약속해놓고 오지 않아(期不至)」

　

　하루 종일 퍼붓던 빗줄기가 해 질 녘에 잦아들자 가을 산은 새로 목욕한 듯 깨끗해졌다. 이때다 싶어 약속 장소인 포구로 발을 옮겼다. 그러나 친구의 모습은 보이지 않는다. 그대가 구름이 자욱이 낀 강을 건너오는지 하염없이 바라만 본다. 비가 온 것이 대수인가? 그대도 비를 뚫고 와주길 바랬는데, 기대는 어긋나버렸다. 안민학(1542~1601)의 시에서도 친구를 그리는 애절한 마음이 잘 드러나 있다. 친구도 자신처럼 늦더라도 찾아와줄지 아니면 자신이 오지 않을 줄 지레짐작하고 오지 않을지, 소식 없는 친구를 기다리며 가슴 졸이는 모습이 솔직하게 표현되어 있다.

젊어서 단주하려 다짐했건만
중년 들어 술잔 잡길 좋아하였네.
술이란 것이 어찌 그리 좋은가
가슴 속에 응어리가 있어서겠지.
오늘 아침 마누라 귀띔해주길
작은 독에 새 술이 맛들었다고
혼자서 마시기에 흥이 미진해
자네가 찾아오길 기다린다네.
—

早歲欲止酒 (조세욕지주)

中年喜把盃 (중년희파배)

此物有何好 (차물유하호)

端爲胸崔嵬 (단위흉최외)

山妻朝報我 (산처조보아)

小甕潑新醅 (소옹발신배)

獨酌不盡興 (독작부진흥)

285

且待吾友來 (차대오우래)

_ 박은(朴誾), 「**열흘 동안이나 장마가 계속되어…**(霖雨十日 門無來客 悄悄有感於懷 取舊雨來今雨不來爲韻 投擇之乞和示)」

젊어서는 술을 끊는다고 다짐한 적도 있었지만 중년이 되자 홀짝홀짝 술 먹기를 좋아하였다. 술이 좋은 것이 아니라 가슴 속에서 천불이 나서였다. 오늘 아침 마누라는 새로 빚어놓은 술이 잘 숙성되었다고 귀띔해줬다. 생각해보니 그동안 열흘이나 비가 퍼부어 사람들과 왕래하지 못했다. 우중에 마음 맞는 친구와 술잔을 기울일 생각에 벌써 마음이 달뜬다.

친구를 기다리는 일은 내 마음속에서 상대를 크고 단단하게 만든다. 기다림 속에 친구를 만나면 그 자체로 즐겁다. 오랜만에 만나도 그동안의 단절이 느껴지지 않는다. 친구가 그저 이야기를 들어만 주어도 위로가 된다. 누구라도 가끔 그런 친구를 만나 고해성사처럼 속마음을 쏟아내고 싶을 때가 있다.

낮잠

힘을 충전하는 다디단 시간

○　공자는 제자 재여(宰予)가 낮잠을 자자 썩은 나무는 아로새길 수 없다고 강하게 책망한 적이 있었다. 이 이야기는 『논어』, 「공야장(公冶長)」에 나온다. 정말 낮잠이 그렇게 나쁜 것일까? 미국 제32대 대통령 프랭클린 루스벨트는 "30분의 낮잠이 밤의 3시간과 같은 가치를 지닌다."라는 말을 남겼다. 그는 점심 식사 후 30분의 낮잠을 꼭 잤던 덕분에, 매일 3시간씩 더 일할 수 있었다. 처칠이나 피카소도 낮잠을 즐겼던 인물로 알려져 있다.

앞 산 내리던 비가 막 개자마자
누각에 푸른 기운 스미는구나.
숨은 사람 맑은 대낮 자는 동안에
살구꽃이 가끔씩 저절로 졌네.

—

前山雨纔歇 (전산우재헐)

蒼翠映小閣 (창취영소각)

幽人眠淸晝 (유인면청주)

杏花時自落 (행화시자락)

_ **박준원**(朴準源), 「**낮잠**(午睡)」

    비가 그치자 숲의 푸른빛이 더 짙어져 누각까
지 스미는 것만 같다. 이때야말로 낮잠을 청하기에
가장 좋을 때다. 잠에 들자 살구꽃이 한 잎 두 잎 땅
으로 살포시 떨어진다. 자신이 세상에 없어도 세상은
아무런 탈없이 이렇게 자연스럽게 흘러가겠다는 생
각을 하게 된다. 이 시를 쓴 박준원(1739~1807)은 낮
잠을 통해 죽음을 선행 학습한 셈이다.

    발 그림자 방 깊숙이 드리워가고
    연꽃 향기가 솔솔 풍겨 오누나.
    홀로 자다 꿈에서 깨어나 보니
    오동잎에 후드득 빗소리 나네.
    —

簾影深深轉 (염영심심전)

荷香續續來 (하향속속래)

夢回孤枕上 (몽회고침상)

桐葉雨聲催 (동엽우성최)

_ 서거정(徐居正), 「낮잠에서 깨어(睡起)」

얼마나 잠들어 있었을까? 창가의 발 그림자는
방 안 깊이 옮겨져 있고, 어디 피어 있는지 연꽃 향기
가 은은히 풍겨온다. 잠에 취한 몸은 아직 노곤하기
만 한데, 오동잎을 때려대는 요란한 빗소리가 자꾸
잠을 깨운다. 꿈결에서 하나씩 의식이 돌아와 정신을
차리고 보니, 시인은 자신이 아직 살아 있음을 다시
금 깨닫는다. 시각에서 시작해 후각으로 옮겨갔다가
청각으로 마무리되는 복합적 심상으로 꿈에서 깨어
나는 과정을 표현했다. 서거정(1420~1488)은 낮잠이
라는 흔한 소재에 생(生)이라는 깊이 있는 주제를 담
았다.

　　책 읽지 않은 지가 이십 년 되었는데
　　사람들 뚱뚱한 배 비웃어도 내비뒀네.

지금 다시 아들놈을 게으르게 내버려두니
긴긴날 서창 아래 주구장창 낮잠 자네.

―

不讀書來二十年 (부독서래이십년)

從人笑我腹便便 (종인소아복편편)

如今更遣兒童懶 (여금갱견아동라)

永日西窓事晝眠 (영일서창사주면)

_ **이수광**(李睟光), 「**아들 녀석이 낮잠을 자기에 장난삼아 쓰다**(豚
兒晝寢戲書)」

20년을 허송세월하다 보니 나온 것은 뱃살 밖
에 없었다. 아들놈도 자신을 닮았는지 게을러빠져서
틈만 나면 낮잠을 잔다. 아들을 견책하려고 쓴 시가
아니니, 심각하게 읽을 것은 없다. 무언가 치열하게
산다는 것도 또 다른 집착이 아니겠는가? 그러고 보
면 새근새근 낮잠에 빠진 아이가 밉지만은 않다.

숲에 솟은 어린 죽순 푸르게 자라나고
유월의 맑은 바람 사방에 시원하네.
세상은 저 달팽이 뿔 다툼에 맡겨두고

한낮에 북창에서 희황씨 꿈꾸었네.

—

抽林嫩籜綠初長 (추림눈탁록초장)

六月淸風四面涼 (유월청풍사면량)

浮世任他蠻觸鬧 (부세임타만촉료)

北窓晴晝夢羲皇 (북창청주몽희황)

_ 김수항(金壽恒), 「낮잠(晝眠)」

　　죽순은 자라나고 바람은 불어댄다. 천지자연의
조화를 보고 있으면 번잡스런 세상사는 자연스레 뒷
전이 된다. 안달복달 살 필요가 없다.『장자』에 "달팽
이의 왼쪽 뿔 위에 있는 나라를 촉씨(觸氏)라 하고, 달
팽이의 오른쪽 뿔 위에 있는 나라를 만씨(蠻氏)라 한
다. 때때로 서로 영토를 다투어 전쟁을 하는데, 쓰러
진 시신이 수만 명이었다."라는 구절이 나오는데, 사
소한 일로 반목하며 크게 다투는 것을 말한다. 세상
의 일도 이와 다를 바 없다. 희황씨(羲皇氏)는 태고 시
대의 임금인 복희씨(伏羲氏)를 가리킨다. 이때에는 천
하가 이루 말할 수 없이 태평하였다고 한다. 낮잠에
빠져드니 꼭 복희씨 시대의 사람이 된 것만 같다. 낮

잠을 청하는 고요하고 평화로운 분위기가 그대로 전해진다.

　위의 시 외에도 송(宋)나라 황정견(黃庭堅)은 「6월 17일 낮잠에서 깨어(六月十七日晝寢)」에서 "말이 마른 삼태기 깨물어 먹는 소리에 낮잠에서 깨고 보니, 꿈속에선 비바람 되어 파도가 강 물결 뒤집어댔지(馬齕枯箕誼午枕 夢成風雨浪翻江)."라고 하였다. 꿈속에서는 비바람이 세찬 파도를 일으키던 소리였는데, 잠에서 깨고 보니 말이 여물을 얻어먹지 못해 마른 삼태기를 먹던 소리였다.

　낮잠은 그 자체로 한가하고 평화롭다. 그래서 낮잠은 바쁜 일상에 가지는 휴지(休止)이며 충전이다. 낮잠에서 깰 때의 몽환적인 분위기는 아침에 잠이 깰 때와 사뭇 다르다. 의식이 돌아오면서 낮인지 밤인지 모를 잠깐의 착각이 아직 살아 있다는 자각으로 바뀐다. 복잡한 일들은 접어놓고서 낮잠에 잠시 몸을 기대면, 나머지 하루를 살아갈 힘이 생기곤 한다.

모기

모기를 증오하여

○　　모기를 다룬 시에는 제목에 증오하다(憎), 괴롭
다(苦), 두렵다(畏), 저주하다(呪), 용서하다(恕)라는
말이 흔히 붙었다. 그만큼 모기는 괴로운 존재였다.
얄밉게도 피를 뽑아 먹고 덤으로 숙면까지 방해한다.
예전에는 모기를 물리치는 효과적인 방법이 마땅히
없어서 모깃불을 피우는 등의 갖가지 퇴치법을 썼다.
70년대에는 뿌리는 살충제를 많이 썼는데 특유의 석
유 냄새가 많이 났던 것으로 기억한다.

　　　추사 김정희의 「장병사에게 주다(與張兵使)」를
보면, "이 세상에 과연 열기 없는 하늘과 모기 없는
땅이 있는지요(此世果有無熱之天無蛟之地歟)?"라고 하기
도 했으니 모기의 극성을 알 만하다. 김윤식(金允植)의
「고약한 모기 이야기(苦蚊說)」에는 여수의 금오도(金鰲
島) 모기가 가장 독하다는 기록도 있다.

사나운 범 울 밑에서 으르렁대도
나는 코를 쿨쿨 골며 잠잘 수 있고
기다란 뱀 처마 끝에 걸려 있대도
꿈틀대는 꼴 누워 볼 수 있지만
모기의 왱왱 소리 귓전에 들려오면
기겁하고 낙담하며 마음속 태운다네.
부리 박아 피를 빨면 그것으로 족해야지
어이하여 뼛속까지 독기를 뿜어내냐
베 이불 꽁꽁 싸고 이마만 내놓으면
잠깐 새 온통 혹이 돋아 부처 머리처럼 돼버
리고
제 뺨을 찰싹 쳐도 헛손질 일쑤이며
넓적다리 급히 쳐도 모기는 간데없네.
싸워봐야 소용없고 잠만을 설치기에
길고 긴 여름밤이 일 년처럼 길기만 해
(하략)

—

猛虎咆籬根 (맹호포리근)
我能齁齁眠 (아능후후면)
脩蛇掛屋角 (수사괘옥각)

294

且臥看蜿蜒 (차와간완연)

一蚊譽然聲到耳 (일문앵연성도이)

氣怯膽落腸內煎 (기겁담락장내전)

揷觜吮血斯足矣 (삽자연혈사족의)

吹毒次骨又胡然 (취독차골우호연)

布衾密包但露頂 (포금밀포단로정)

須臾瘣癗萬顆如佛巓 (수유외뢰만과여불전)

頰雖自批亦虛發 (협수자비역허발)

髀將急拊先已遷 (비장급부선이천)

力戰無功不成寐 (역전무공불성매)

漫漫夏夜長如年 (만만하야장여년)

(하략)

  _ 정약용(丁若鏞), 「얄미운 모기(憎蚊)」

모기를 사나운 호랑이나 기다란 뱀보다 더 무
섭다고 표현했다. 모기 소리만 들려오면 벌써 마음의
평정이 깨질 정도였다. 이불 밖으로 이마만 조금 나
올라치면 모기한테 물려서 울퉁불퉁 부처님 머리처
럼 되고, 뺨과 넓적다리를 연신 쳐대도 이미 모기는
내빼고 없다. 여름 하룻밤이 일 년과 같다는 말이 고

통을 짐작케 한다. 이 시는 정약용이 1804년 강진 유
배 시절에 지은 것이다. 아래 생략된 부분에서는 규
장각 대유사(大酉舍)에서 모기 걱정 없이 서적을 교정
하며 지냈던 시절을 떠올리며, 현재 자신의 처지를
슬퍼했다.

북쪽 지방 모기의 크기가 벌 같은데
뾰족한 부리 피를 빨아 벌보다 독하구나.
아! 우리 북방 사람들은 살갗이 얇거늘
너희들 유독 무슨 맘에 와서 모진 짓 하는가.
주둥이 흔들고 날개 치면서 우레 소리 내니
나에게 편한 잠과 식사 할 수 없게 하네.
비록 그러나 사대부들 보지 못했는가.
또한 백성 고혈 빼앗는 자가 많이 있는데
너희들 미물만 어찌 꾸짖겠는가.

―

北方蚊蚋大如蜂 (북방문예대여봉)

尖觜吮血毒於鋒 (첨자연혈독어봉)

嗟我北人肌肉薄 (차아북인기육박)

爾獨何心來相虐 (이독하심래상학)

搖吻鼓翼作雷聲 (요문고익작뢰성)

使我不得安眠食 (사아부득안면식)

雖然不見衣冠族 (수연불견의관족)

亦多浚民膏血者 (역다준민고혈자)

於汝微物焉足責 (어여미물언족책)

_ 홍양호(洪良浩), 「북방의 모기(北方蚊)」

이 시는 홍양호(1724~1802)가 함경도 지방의 모
습을 다룬 「북새잡요(北塞雜謠)」중에 한 편이다. 북쪽
지방 모기는 만만치 않았다. 모기는 안 그래도 괴로
운 북방 사람들을 끊임없이 괴롭혔다. 탐관오리가 백
성들의 고혈을 쥐어 짜내는 것이 모기보다 심하면 심
했지 덜하지 않았다. 모기를 욕하면서 탐욕스런 관리
들을 싸잡아 비난했다.

모기를 퇴치하는 효과적인 방법은 없었을까?
쑥으로 모깃불을 피우는 방법이 있었다. 신위의 「쑥
을 태워서 모기를 막았으니 장난삼아 짓다(爇艾禁蚊戲
作)」에 보면 "…쑥 향기 진하기가 강렬하여서, 모기
막기로는 이보다 더 좋은 것은 없네. 주렴을 내리고
화로에다 모깃불 놓으니, 곧바로 모두 남은 모기 없

게 되네(艾香郁以烈 制蚊無此比 下簾熱一鑪 立盡無遺類)."라는
내용이 나온다. 다음으로 모기장(蚊帳)도 흔히 썼다.
홍한주(洪翰周)의 「모기장을 읊다(詠蚊帳)」에서 "…드
디어 꿈을 평온하게 했으니 도리어 피부가 완전한 것
기뻤네. 날아들어도 어찌 능히 통과할 수 있으랴만,
왱왱하고 소리 내니 불안해지네(遂令魂夢穩 還喜體膚完 撲
撲何能透 營營却不安)."라고 읊었다. 조선 시대 여행물품
체크리스트를 적은 기록인 『행구건기(行具件記)』에도
모기장이 나온다.

　　적절한 퇴치 방법이 없어서 어디를 가든 모기
때문에 이래저래 괴로웠다. 지금도 이런저런 모기약
이 많이 나와 있지만, 모기를 완전히 막을 수는 없다.
그러니 예전에는 더욱이 모깃불과 모기장으로 모기
를 막았다 해도 모기로 인한 괴로움에서 벗어나기는
힘들었다. 더위가 재빨리 지나가 모기가 다 사라지길
바라며 기다리는 것만이 괴로움에서 완전히 벗어날
수 있는 방법이었다.

개

인생의 진정한 반려

○   세상에 수많은 동물이 있지만 개야말로 인간과
가장 가깝다 할 수 있다. 개는 주인에게 충성심이 가
장 강한 동물로, 인간은 개를 버려도 개가 주인을 버
리는 법은 없다. 그래서 지금까지도 개는 반려동물로
첫손에 꼽힌다. 서로에게 각별한 의미가 된 개와 인
간의 관계는 아주 오래전부터 이어져왔다. 고전 문학
속에도 개는 자주 등장하는 친근한 소재 중 하나다.
그렇다면 한시 속에서 개는 어떻게 묘사되고 있을까?
개를 소재로 한 한시를 살펴보면서, 우리가 아는 친
근한 모습부터 미처 알지 못했던 새로운 모습을 발견
해본다.

개는 무심한 동물이 아니니
닭 돼지 따위와는 빗댈 수 없네.

예전에 묵었던 객 때로 반기고
밤에 오는 사람을 잘도 알고 짖었네.
짐승 잡는 재주 매우 민첩하였고
도둑 지킬 땐 귀신같이 들었네.
이웃집에서 새끼 몇 마리 주니
어여뻐 기르는 건 응당 다 같으리.

——

犬匪無心物 (견비무심물)

鷄豚比莫倫 (계돈비막륜)

時迎曾宿客 (시영증숙객)

能識夜歸人 (능식야귀인)

攫獸才多捷 (확수재다첩)

伺偸聽有神 (사투청유신)

隣家乞數子 (인가걸수자)

憐育定應均 (연육정응균)

_ 이응희(李應禧), 「강아지 두 마리를 얻고서(得二狗子)」

이 시는 이웃집에서 강아지 두 마리를 얻은 기
쁜 마음을 적고 있다. 개가 사람과 친근하기로는 다
른 동물과 비교가 되지 않는다. 개는 예전에 잠시 머

물렀던 사람이나 밤중에 돌아오는 사람도 기가 막히게 알아보고 짖어댄다. 어디 그뿐인가. 동물의 야성도 간직하고 있어서 짐승 사냥이나 도둑을 알아채는 일에도 남다른 재주를 뽐낸다. 이렇게 개의 다양한 속성을 애정을 담아서 언급하고 있다.

의로운 개 목숨을 바친 자리에
발길을 멈추고서 비문을 보네.
취하여 잠든 주인 깨지를 않아
바람 거세 불길이 태우려 하자
주인 구해 목숨을 온전케 하니
공을 바라 목숨을 바친 것이랴.
풀숲에서 구차히 사는 사람들
어찌 이 무덤에 안 부끄러우랴.

—

義狗捐生地 (의구연생지)

停鞭覽碣文 (정편람갈문)

醉眠人不起 (취면인불기)

風猛火將焚 (풍맹화장분)

救主由全性 (구주유전성)

殉身豈要勳 (순신기요훈)

草間偸活輩 (초간투활배)

寧不愧斯墳 (영불괴사분)

_ 홍직필(洪直弼), 「선산의 의구총을 지나며(過善山義狗塚)」

개에 대해서는 의구(義狗)와 효구(孝狗) 이야기
가 많이 전한다. 이 시는 선산(善山)에 있는 의구총(義
狗塚)에 관한 이야기를 담고 있다. 이 무덤은 경상북도
구미시 해평면 낙산리에 위치해 있다. 선산 사람으로
김성원(金聲遠) 또는 노성원(盧聲遠)이라고도 하는 인
물이 길가에 술에 취해 잠들었다. 마침 불이 나서 타
죽을 지경이 되자 기르던 개가 강물에 몸을 적셔 불
을 끄고는 탈진해서 죽게 되었다. 이 개에 대해서는
윤기도 「의구총(義狗塚)」이라는 시를 남겼다. 개가 불
을 끄고 주인을 구한 이야기는 여러 지방에 전한다.
옛날 초등학교 교과서에도 이런 이야기가 실린 바 있
다. 이처럼 개는 자신을 희생하면서 주인을 구하는
충직한 동물이다.

누가 개에게 뼈다귀 던져주어서

개떼들이 사납게 싸우는구나.

작은 놈 필시 죽을 것이고 큰 놈도 끝내 다칠
터이니

도둑놈 엿보고서 그 틈을 타려 하네.

주인은 무릎 껴안고서 밤중에 울어대니

비 맞아 무너진 담벼락 틈으로 온갖 근심 모
여드네.

—

誰投與狗骨 (수투여구골)

群狗鬪方狠 (군구투방한)

小者必死大者傷 (소자필사대자상)

有盜窺竇欲乘釁 (유도규유욕승흔)

主人抱膝中夜泣 (주인포슬중야읍)

天雨墻壞百憂集 (천우장괴백우집)

_ 권필(權韠), 「개 싸움을 보고서(鬪狗行)」

인간 사회의 온갖 갈등을 개의 행태에 빗대 우
의(寓意)적으로 쓴 시도 많다. 이 시는 대소북이 편당
을 일삼는 현실을 풍자하고 있다. 여기서 뼈다귀는
이권, 큰 놈은 대북(大北), 작은 놈은 소북(小北)을 각

각 가리킨다. 대북과 소북은 조선 시대의 당파 중 북인에서 분파된 무리다. 당파들이 사소한 이권을 놓고 서로 차지하려고 다투는 것을 말했다. 이 싸움은 한 편의 승리로 돌아가는 것이 아니라 공멸(共滅)만이 기다리고 있다. 그 다음으로 도둑은 외적을, 주인은 임금을, 담장은 국가의 방비를 각각 의미한다. 정파적인 다툼에 외적이 쳐들어올 수 있는 위기 상황을 그리고 있다.

개는 충직한 반려견뿐 아니라, 사냥견, 경비견, 맹인 안내견, 마약 탐지견, 군견 등으로 유용한 역할을 맡고 있다. 그래서 개는 대체적으로 긍정적인 이미지가 강하다. 옛이야기 속에서 개는 주인의 목숨을 구하거나 주인을 따라 죽는다. 또, 관청에 고발하여 주인의 원수를 갚기도 하고, 무덤이나 시신을 지킨다. 이따금 부정적 이미지로 등장하기도 한다. 대개는 간악한 권신이나 속물적 인간으로 상징화되었다. 어쨌거나 개는 여전히 인간에게 가장 위로가 되는 동물임에 틀림없다. 인생의 진정한 반려가 되는 아름다운 동물이다.

참고 자료

01 신영복, 『감옥으로부터 사색』, 돌베개, 2017, 329쪽.

02 原註: 潛女以布爲小褌子, 遮其陰, 俗謂小中衣. 赤身出沒海中.

03 김정(金淨), 『濟州風土錄』등을 위시한 여러 문헌에 나온다.

04 한홍구, 「미국 한국학의 선구자 제임스 팔레: 정년 기념 대담」, 『정신
    문화연구』통권 83호, 한국학중앙연구원, 2001, 212~213쪽.

05 노비의 실수에 대해서는 크게 너그럽게 넘어가거나 잘못을 지적하고
    책망하거나 하는 두 가지 반응으로 나타난다. 전자의 경우로는 유세
    명(柳世鳴), 「庭有一瓮 夜中爲兒婢所破 朝起戲題」: 舞瓮年來破幾曾, 營
    求還被小兒憎. 如今了得諸緣妄, 須遣生涯淡若僧; 片木加糅漆; 이민성(李
    民宬), 「僕失盤子而來 不責而賦之」: 片木加糅漆, 團圓如赤日. 朝夕用爲要,
    不可一時缺. 童頑棄而來, 未必主家竊. 物固有數存, 我非邵康節. 君看楚澤
    弓, 付之人得失이고, 후자의 경우로는 유즙(柳楫), 「責奴盜入貧家席卷
    歸」: 盜入貧家席卷歸, 靑氈眞是祖先遺. 不嚴局鑰雖吾過, 全廢藩離責在誰.
    縱然衣食未爲豊, 且不飢寒是主翁. 家事近來零落盡, 隴頭須罷午眠濃 등이
    있다.

06 余有小僕曰重萬. 爲人明悟, 會人意, 愛主如父, 又識字, 常詫於人曰. "吾主
    好文章" 盖余前後所使僮奴亦多, 無如此奴者. 夜深人靜, 余獨坐看書, 欲有
    所使, 一呼輒應, 雖通宵不睡不倦也. 忽得肺疾, 丙申冬卒死, 年十七, 傷哉.

相守多年, 又如是可意, 而今失之, 不借一字以慰, 吾其不仁矣. 遂成短律.

07　余按《今獻彙言》, 孫賁, 宋潛溪高弟也. 被罪臨刑, 口占一詩曰: 鼉鼓三聲急, 西山日又斜. 黃泉無客舍, 今夜宿誰家. 此非成公之作明矣. 實注者之誤也.

08　「龍西先生年譜」: 先生每歲當夏, 例有是症, 至秋而蘇. 是月初, 猝劇. 賦一絶曰, 苦待立秋七月節, 病中過日如過年. 秋風一夕吹煩暑, 不覺沈疴却自瘳, 此其絶筆也. 十二日, 考終于正寢. 臨終, 顏色不亂如常, 無絲毫怛化之意. 石湖公題銘旌曰, 徵士尹公之柩, 門生持服者七十餘人.

09　"是夕自官廚冷麪備來 此是平日所嗜也 近日頗切尊罏之戀而不可得矣 適此供進品亦佳美 與座客及妓輩共之"(1893년 12월 17일)

10　李鰲城少時, 屢擧不捷, 有落榜詩曰, 館者不來已西, 渾家僮僕色悽悽. 年年費盡場中饌, 無復窓前聽曉鷄. 蓋入場者以鷄爲饌故云, 館者用俗語也.

11　기우만(奇宇萬), 「서초 이공 행장(瑞樵李公行狀)」: 약관의 나이에 이미 과거 시험장에서 명성이 있었으니 좌우로 수응(酬應)하면서 묻는 말에 대답하지 못하는 일이 없었다. 그러나 청탁하여 팔리기를 구하는 짓을 매우 부끄러워하였으니 이 때문에 과거에 급제하지 못했다. ……이때부터 벼슬에 나아가려는 뜻을 끊었는데 또한 그러한 뜻을 스스로 표방한 적도 없었으며, 매번 벗들에게 이끌려 나설 때면 시를 지어 노래하며 길을 떠나 득실에 개의치 않았다(弱冠, 已有場屋聲, 左酬右應, 問無不答. 干囑求售所深恥, 是以不第. …… 自是絶意進就, 而亦未嘗自立標榜, 每爲知舊所牽, 風咏出脚, 得喪不以介意).

12　김경숙, 『조선의 묘지 소송』, 문학동네, 2012, 136쪽.

13　김지영, 「한원 노긍 한시 연구」, 한국학중앙연구원 한국학대학원 석사학위논문, 2007, 13~15쪽.

14　余第三女芍德, 患痘一月而死. 始兒之生也, 其母有芍藥之夢. 生而柔順沉靜, 無暴怒疾喜. 三歲有弟, 斷乳而不嘀. 嘗與小婢戲, 婢誤剪其頂髮垂者. 其母問誰所爲, 終不言. 余使其兄, 自以其意, 徐問之, 答曰, "許以不告, 故不言也" 余於己卯二月十日哭十歲妹, 於辛巳二月十七日哭八歲弟, 於今年二月十日乃哭吾女. 纍纍然 一丘三殤, 吁亦異矣. 余前後哭四男女兒, 年五歲最長, 又以其才性聰悟, 故悲之最甚. 嗟乎! 人之欲生男女, 以其可樂也. 今余悲之不暇, 何哉? 壬午四月十一日, 記于西湖之舍.

15　「幼子懼牂壙銘」,(憶汝行(哭幼子懼牂而作也, 四月初, 以痛折, 己酉十二月生))」,「幼女壙志」,「幼子三童瘞銘」,「農兒壙志」

16   다산 정약용은 위유(魏儒)의 「사고론(四孤論)」을 들어 고아가 발생하는
      경우를 넷으로 나누고 있다. 병란이나 기근이 들어 자식을 팔거나 버
      리는 경우, 자식을 낳자마자 부모가 죽고 먼 친척도 없어서 버려진 경
      우, 속인(俗人)들이 5월에 난 자식을 꺼려 버리는 경우 그리고 흉년이
      들지 않았는데 유기아가 생기는 경우이다 (정약용 지음, 다산연구회 역주,
      『譯註牧民心書』Ⅱ 「慈幼」, 창작과 비평사, 2018, 19~33쪽 참고).

17   路傍村屋, 在繭黍中, 兩翁婆熙熙自得. 問翁年幾何, 七十. 上京否, 未曾入
      官. 何食, 食繭黍. 余於南北萍蓬, 風雨飄搖, 見翁聞翁語, 不覺窅然自失.

18   臘月初十日老室貞夫人晉州金氏別世, 結褵之情, 配體之義, 今爲五十有一
      年矣. 有子三人有孫五人, 有何餘冤而若以詩爲慰, 則雖千萬首有不能盡其
      恨也. 從姪東稷先寄三絶以慰我幽獨之懷. 故仍抑情走和而止. 三首

19   「喜老室自杜陵還家」,「季秋老室徃杜陵女家」,「初冬答杜陵留老室書」,「夜
      坐戲贈老室(二首)」,「以冬眠不覺曉戲贈老室(三首)」,「四月九日卽老室周甲
      也 步澆花道人韻 以叙衰年偸情之有別焉」

20   「余之回巹在甲午十月十三日而年前遭季子之慘 其寡妻孤幼 爇然在眼前 不
      忍設酌對歡於當日 故九月十五日 送老妻 歸故山而朝餞于驛路 甚悵然也 歸
      而識懷 五首」

21   정민, 『삶을 바꾼 만남』(문학동네, 2011), 407쪽 참고. 하피첩의 사연은
      정민, 「다산의 부정이 담긴 梅鳥圖 두 폭」, 『한국학 그림과 만나다』(태
      학사, 2011)에서 자세히 다루었다.

찾아보기

인명

서명

시명

313

처음 만나는 한시,
마흔여섯 가지 즐거움

ⓒ 박동욱, 2022

초판 1쇄 인쇄일 2022년 12월 19일
초판 1쇄 발행일 2022년 12월 26일

지은이   박동욱
펴낸이   정은영
편집   전지영 박진홍
마케팅   최금순 오세미 공태희
제작   홍동근

펴낸곳   자음과모음
출판등록   2001년 11월 28일 제2001-000259호
주소   10881 경기도 파주시 회동길 325-20
전화   편집부 (02)324-2347 경영지원부 (02)325-6047
팩스   편집부 (02)324-2348 경영지원부 (02)2648-1311
이메일   munhak@jamobook.com

ISBN 978-89-544-4861-1 (03810)